転生ババァは見過ごせない！4
～元悪徳女帝の二周目ライフ～

ラウラリス
「悪徳女帝」と伝えられる
エルダヌス帝国最後の皇帝。
死後、三百年経った世界に転生し
気ままな旅を続けている。
登場人物紹介

ゲラルク
ラウラリスの腹心であった
「四天魔将」の一人。
凄まじい膂力の持ち主。
グスコ
以前、ラウラリスと
縁があったハンター。
経験を積み急成長中。
ケイン
国家機関『獣殺しの刃』に
属する青年。
何かとラウラリスに
振り回される。
ヘクト
ラウラリスと一時的に
行動を共にすることになる
商人兼ハンターの青年。
どこか胡散臭い優男。

プロローグ　仕事人ババァと一つの再会

美少女に若返り転生した、元悪徳皇帝ラウラリス・エルダヌス（享年八十余り）の趣味は悪党をとっちめることだ。ついでに言えば彼女は食べることも好きだ。勇者に討たれて死んだ前世でも、神の手によって転生を果たした今生でもそれは変わらない。

つまり、悪党を捕まえて然るべきところへ突き出せば糧を得られる『賞金稼ぎ』という仕事は、ラウラリスにとっては趣味と実益を見事に兼ね揃えている。

「はぁぁぁ、一仕事を終えた後に食べる飯ってのはやっぱり格別だねぇ」

その日のラウラリスも、世間様に迷惑をかけていた悪党の一人をハンターギルドに引き渡した直後であった。

此度の仕事は数日間を要したものであり、その間は保存食しか口にしていなかったのだ。ストレスも食欲も溜まっていたのも大きいだろう。

目の前に積み重なった皿の数は、彼女が食した料理の数。いくつもの皿の山は既に、座ったラウラリスの頭頂部を超える高さになっていた。それでもなお料理を食べる速度が落ちないのだから驚きだ。

　加えて言うならば、食事の作法はまさしく完璧であり、一つ一つの動作は美しさすら帯びている。彼女に料理を食べてもらえて、料理人どころか食材となった存在すらも喜ぶほどであろう。

　ラウラリスの他にも店内には他の客がいたが、ほとんどの者が手元に料理があることを忘れ、一斉にラウラリスへと目を向けている。これだけの大食劇を間近で見せられれば誰もが気になっても仕方がない。果たしてあの細い躰（からだ）のどこに入っているのか。どこまで食べられるのか。そもそもあの美少女は誰なのか。三者三様、十人十色の感情と思惑が集まる中、当人は我関せずといった具合に次々と料理を口に運んでいく。

　故（ゆえ）に、店に誰かが入ってきても、その人物が堆（うずたか）く重なった皿に隠れた対面に座ろうが関係ない。腹が満たされるまで、心が満たされるまで存分に食事を楽しんでいた。

　――やがて店に貯蔵された食材の数割は消費したのではと思うほどを味わったところで、ようやく食事が終了した。

「……ちょっと食べすぎたかね」

　ぽんぽんとお腹をさすりながらぼやいた台詞（セリフ）に、側で聞いた者たちは揃って『嘘だろ？』と目を剥（む）いた。あれだけの量を平らげて『ちょっと』である。頑張ればもっと入ったということか。とんでもない話である。

　最後に食後の茶を頼むと、複数の店員が大急ぎで重なった皿を片付けていく。

　皿の山が徐々に消えて、ラウラリスはそこでやっと己の対面に座っている者の顔を拝むことができた。誰かしらが座っていたことは既に気がついていたが、知った顔の呆れ果てた表情にムッとなる。

「……久しぶりに面を合わせるなり、随分とご機嫌な顔をしてくれるじゃないか、ケイン」

「よくもあれだけの量が収まるものだと感心していてな」

ケイン・ディアハルト。

以前、奇しくも肩を並べて戦った人物。

表の顔はラウラリスと同じくフリーの賞金稼ぎ。その正体は、あらゆる手段を用いて国家の治安を維持するために設立された組織、王立特務機関『獣殺しの刃』の執行官。ラウラリスを開祖とする『全身連帯駆動』の壱式を習得する強者でもあった。

「偶然に立ち寄った店に私がいた……ってわけじゃないんだろ？」

「ある意味では偶然だ。当初の予定ではお前と顔を合わせるつもりはなかった」

ラウラリスが頼んでいたお茶が届くと、いつの間にか同じものを注文していたのか、ケインの元にも茶が運ばれてくる。二人揃って湯気が立つ香りの良い茶を一口飲む。

「本来の目的地は別にあるが、進路上にあるこの街に立ち寄ったところ、聞き覚えのある風貌をした女の話を聞いたのでな。ハンターギルドを訪ねると、長剣を背負った女が名のある悪党を連れてきたばかりだと。受け取った報酬の使い道を考えれば、自ずと行き先はわかる。……あと、あれだけの量を食べるやつなどお前しかいないだろ」

少しばかり浮き足立っている店を当たっていけば自然とラウラリスに行き着くという寸法だ。

「それで、一体全体私に何の用だ。……って、大方の見当はつく」

「ついでに言えば、お前好みなこと請け合いだ」

「その言葉、嘘じゃないことを祈るよ」

自分好み――という言葉に、ラウラリスは口角を吊り上げた。彼の口ぶりだけで、これから出てくるだろう仕事の概要はわかったも同然だった。

「秘密の話をするのに、ここはちょいと騒がしすぎる。場所を移そうか」

「そう思って、既に場は確保してある」

「話が早くて助かるよ。じゃ、行こうか」

ラウラリスは食事代の入った袋をテーブルの上に置くとケインを伴って店を出ていった。

第一話　なりゆきなババァ

　ケインとの再会から三日後。ラウラリスは険しい山道を、鼻歌でも歌い出しそうなほど気軽に登っていた。隣には、同じく苦もない様子の黒衣の青年――ケインの姿があった。

「こうやってあんたと歩いてると、前に組んだ時のことを思い出すよ。いやぁ、あれはなかなかに楽しかった」

「アレを楽しいと言えるのはお前くらいだ」

　陽気なラウラリスに対して青年は渋い顔になる。彼にとっては愉快な経験ではなかったのだろう。

「それに、全部が同じというわけでもない」

　背後を振り返る青年。一緒になってラウラリスも見ると、後に付いてくる三十と余人の集団。誰もが武装しており、少なからず緊張を孕んだ顔つきをしていた。

　――ケインが持ちかけた仕事は、反社会的組織『亡国を憂える者』活動拠点の壊滅作戦。

『亡国』は三百年前に滅亡したエルダヌス帝国の再興を目論むテロリスト。帝国最後の皇帝であるラウラリスにとって『亡国を憂える者』の壊滅は、今現在における最優先事項だ。以前にケインと組んだ時は『亡国』の幹部の捕縛のため、隠密行動の必要があり少人数での行動が求められた。だが今回はそれなりの規模を持つ拠点の殲滅。動員される人数も相応に多い。

元々、十分な戦力は揃えていた。しかし、相手が想定以上の手練（てだ）れである可能性や切り札を備えている可能性も十分に考えられる。

そこで白羽の矢が立ったのがラウラリス。移動中に立ち寄った街にラウラリスが滞在していることを知ったケインが彼女に声をかけた次第である。断る理由は皆無と言っていいだろう。ラウラリスは二つ返事で依頼を了承した。

「あんたのツレに、銀級（シルバー）ハンターか。ツレの方はともかく、ハンターの方はどうやってあの数を揃えたんだい」

銀級（シルバー）ハンターともなれば、最も数の多い銅級（ブロンズ）から昇給した、ハンターギルドの中では『一流』と呼ばれる部類の人間だ。一つの支部に二人か三人いる程度の人材をここまで集めるのは並大抵ではないはず。

「ギルドは国家から独立した組織だが、完全に無縁じゃない。上層部にもそれなり顔が利くからな。さすがに金級（ゴールド）を呼び出すには時間が足りなかったが……」

金級（ゴールド）ともなれば、それこそ国家に五人いるかどうかという超一流の部類だ。召集するのは難しかったのだろう。

「ま、この人数に加えて、私とあんたがいりゃあどうにかなるだろ。これで駄目だったら、それこそ軍隊を連れてこなきゃ話にならんよ」

「同感だな」

人数は軍の小隊規模であろうが、戦力的には中隊規模にも決して引けを取らないとラウラリスは見ていた。人を見る目に長(た)けた彼女からして、それだけの人材が揃っている。

ただ一つだけ。悪い意味ではないがラウラリスにとって予想外の人物がこの作戦に参加していた。

「悪いがちょっと離れるよ。先導は任せた」

「別に許可を取る必要もないが、どうした？」

「作戦が始まる前に話をしときたい奴がいてね」

ケインに断りを入れてから、ラウラリスは進むペースを落とす。背後から幾人かに抜かれ、目的の人物の隣に並んだ。

「よぅ、久しぶりだね」

「お嬢さんか。いや、あんたとまた一緒に仕事することになるとは思ってもみなかった」

「そいつぁ私も同じだよ、グスコ」

神の采配(さいはい)によって、死亡から三百年後に若返った姿で転生したラウラリス。その直後しばらくの間滞在した町で知り合ったハンター。それがこの男、グスコだ。

最後に会った時は銅級(ブロンズ)であったはずなのだが。

「この作戦に参加してるってことは銀級(シルバー)に昇格したみたいだね。おめでとうさん」

「ははは……その、おかげさまでな」

ラウラリスの言葉に、グスコは照れ交じりに返した。

ケインからの依頼を承諾したラウラリスは、彼と共に『亡国』の拠点から一番近い町を訪れていた。この仕事――作戦に参加することになっている人員は、敵方の察知を避けるためにハンターギルドではなく、町の空き家に集まっていた。

案内されたところで、参加メンバーの中に知った顔——グスコがいたことにラウラリスは大きく驚いた。無論、それはグスコも同じであった。

ラウラリスが到着するなり、作戦の説明や打ち合わせをし、そこからは分散行動や夜道の移動。これまでは、顔を合わせることはあっても会話をするチャンスはほとんどなかった。

険しい山道の最中だったが、ようやく話をするチャンスが来た次第である。

「お嬢さんのことはハンターの間でも話題だよ。随分と活躍してるらしいじゃないか」

「活躍するつもりはないんだけどねぇ」

「いやぁ。お嬢さんの場合、何をやっても目立つから仕方がないと思うぞ」

「失礼だねまったく」

中身が八十過ぎの美少女が小さく憤慨する。怒っている姿さえ絵になるほどだ。その上で、様々な事件に自ら首を突っ込むのだから、当人が喧伝しなくとも周りが放っておかない。彼女の話が広まるのはむしろ必然であろう。

「献聖教会の代替わりの騒動にもお嬢さんが絡んでるって聞いたよ。……実際のところはどうなんだい？」

「コメントは控えさせてもらうよ。守秘義務ってのがあるからね」

絡んでいるというか、騒動の渦中に身を置いていたわけだが、それを認めるのは躊躇われる。

もっとも、ラウラリスの反応でグスコは噂の真偽を察したであろう。

「私のことはこのくらいで。それよりもあんただよ。いつ銀級（シルバー）に昇格したんだい」

「ほんの一月（ひとつき）前さ。上手い具合に依頼をいくつかこなせてな。運が良かった——とまで謙遜するつもりはないが、どうにも最近、自分でも驚くくらいに調子が良いんだよ」

ラウラリスの目から見て、雰囲気の変わりように、一瞬誰だかわからなかったほどだ。動き一つ一つのキレに関して意外なほどに成長を遂げていた。

足の運びから体幹の安定具合。改善の余地は多々あれど、動きのどれもが一流のそれに近付きつつあった。

現に、人の手が入っていない険しい山道を歩いているというのに、今もこうして話ができている。最初の町で知り合った頃のグスコでは、会話はおろかこの進行速度に付いていくのがやっとだっただろう。

「お嬢さんも前よりも強くなってるんじゃないか？　なんか圧が一層増して見えるぞ」

「増して……なんて女性に対して言う台詞（セリフ）じゃぁないよ」

「おっと、こいつは失礼した」

冗談と本気が半々ぐらいの謝罪をするグスコだったが、最初に口にした言葉が単なるお世辞ではないとラウラリスは感じていた。彼の言う通り、転生したばかりの頃に比べてラウラリスは若返った今の躰（からだ）を使いこなせている。

そういえば、とラウラリスは思い出す。

初めて会った時から、グスコはラウラリスを侮（あなど）ることなく対等以上の存在として接してきた。その時からなかなかの慧眼だとは思っていたが。

（こいつぁ、無意識だろうが躰の動かし方がわかり始めている。きっかけは……私と危険種の戦いを見たからかもしれないね）

ラウラリスは仕事の一環で、最初の町の付近に出没した銀級相当の危険種を討伐した。その戦いをグスコは間近で見ていたのだ。

見取り稽古――という、他者の動きを見て学ぶ鍛錬がある。コレが案外馬鹿にならない。類い希なる眼力を有する武人は、一度見ただけでその動きを完璧に再現できるという。

さらに言えば、ラウラリスは全身連帯駆動の使い手。全身を余すことなく連動させて使うこの動きは、究極の身体操作術と言っても過言ではない。

達人か、あるいはそれに匹敵する慧眼の持ち主にとっては、最高のお手本とも呼べるだろう。もしかしたら、ラウラリスの動きを見て、得るものがあった。それがグスコの成長に繋がった。

もちろんコレはただの推測だ。人の才能、成長というのは理屈だけでは片付けられない。ましてやグスコとは久々に会ったのだ。彼の成長のきっかけはもしかしたらラウラリスとは無関係のところにある可能性だってある。

だとしても、若人の成長を見るのはいつだって良いものだ。

「……ところで、噂とはまた別の話になるんだが」

グスコは他者に聞こえぬよう声を潜めた。

「あの先頭を歩いてる奴とお嬢さんって知り合いなのか？　随分と親しげだったが」

「なんだい、気になるのかい」

「いや、別にそっちの方面ではさらさら興味ないが」

色事に関してかとニヤついたラウラリスだったが、グスコはさっぱりと否定した。思ったような反応が返ってこず、ラウラリスは拗（す）ねた風にむっとした。

「全く気にならないわけじゃぁないが……」と、グスコはフォローのつもりか前置きをしてから。

「アレって、国が派遣した騎士様だろ。どんな経緯で知り合ったのか、興味があるわけよ」

「あー、以前に仕事を一緒にした。それ以上でもそれ以下でもないよ」

ケインの所属する『獣殺しの刃（やいば）』は国が直接運営する組織であるが、その表沙汰にできない活動のために、公式には存在しないことになっている。故（ゆえ）に、彼らは表立っては『王国に属する騎士』という当たり障りのない役職を演じている。

あるいは、ラウラリスと組んでいた時にケインが最初に口にした通り、『フリーの賞金稼ぎ』と名乗ることもあると当人は言っていた。単独で動く場合は後者でいたほうが楽だが、機関以外の人間を動員する場合は騎士の身分であった方が何かとやりやすいのだそうだ。

グスコは心底呆れたような顔になる。

「……王国の騎士と一緒に仕事するとか、お嬢さん本当に何やってんだよ」

「うるさいよ。成り行きってやつだ」

その成り行きも、元を辿ればラウラリスが己から進んで事件に関わったことが発端である。

結局のところ、だ。

ラウラリスの『見過ごせない』という性分は、彼女を様々な出来事の渦中(かちゅう)に置く最大の原因だったりするのだ。

今回の作戦に多数のハンターが起用されたのには、いくつかの理由があった。

ハンターの活動の場は、整備された街道や開(ひら)けた平原ではなく、ほとんどが自然の多い野生地帯。木々が生い茂った森林や荒れ果てた山岳などだ。

国に仕える一般兵も野戦の訓練は行うだろうが、常に実戦の場として身を置くハンターとは経験値が違う。また彼ら(ハンター)は物静かに森や山を移動する能力に長(た)けている。それは偏(ひとえ)に『獲物』を確実に仕留めるため。

『亡国』の拠点が存在するのは、山岳の途中にある隙間。そこにかつての戦争で使われた砦(とりで)が存在している。現在においてはもっと安全で時間もかからない道が開発されており、既に放棄されて久しい。ほぼ手つかずで廃墟と化していたそこに『亡国』の者たちが手を加え、活動拠点の一つとして利用しているのだ。

出入り口は正面と裏の二つのみ。周囲は岩肌が防壁となっており、武装した兵士が登り降りすることは不可能。まさに天然の要塞(ようさい)だ。

だが、慣れたハンターであれば難しくはない。よって、真正面からの正攻法ではなく、側面からの奇襲が可能となるのだ。


「とりま、先手を打つのには成功したわけだが」

手近にいた『亡国』の構成員を長剣で斬り捨てながら、ラウラリスはぼやいた。

奇襲からの拠点攻めが始まって既に幾ばくかの時間が経過した。

当初の予定通り、要塞の付近まで崖を降りて近付き、全員が配置に付いてから作戦開始。いの一番に二つの門に配置された『亡国』構成員を鎮圧し占拠。そこから一気に攻め入っている最中だ。

砦のあちこちで戦闘が始まっており、いたるところから金属の擦過音や物々しい足音が木霊している。

ラウラリスは単独行動。彼女が扱う長剣は味方が密集していると戦いづらく、また一人で自由に動いた方が最も戦果を上げられると考えたからだ。

「ケインやグスコたちだけじゃなくて、他のハンターたちからも同意を得られたけど……ちょっと複雑だよ」

ハンターでもないのに、ハンターの間でもその強さが知れ渡るほどに、ラウラリスの名はギルドの中でも噂になっているということだ。

それはともかく——

砦に詰めている『亡国』の構成員は百人を超えている。テロ組織の人員というだけあり、ほとんどの者がそれなりの戦闘力を有している。

だが、銀級ハンターは戦闘のプロ。そこに、ケインを始めとして、騎士に扮した『獣殺しの刃』も参加。何よりもラウラリスがいるのだ。

人数に限れば『亡国』側が有利であっても奇襲攻めに浮き足立っており、統率的な対処は困難。

こうなれば人数差でのごり押しも難しく、各個撃破の憂き目に遭う。

ハッキリ言って、奇襲が成功した時点で勝敗は決していたと言っても過言ではない。

——敵が人間だけであればの話ではあるが。

ラウラリスが歩を進める通路の先から、明らかに人のものではない遠吠えが響き渡る。その直後、こちらへ急速に接近する足音。

奥から現れたのは、頭に角が生えている二頭の狼。その鋭い先端をまっすぐにラウラリスに向けている。

「やれやれ、ちょくちょく出てくるね」

溜息交じりに呟くと、ラウラリスは長剣を担いだままのんびりと歩く。気負いなど欠片も感じられない彼女に、目を血走らせた狼が襲いかかった。

額の角で少女の躰を貫かんと飛びかかる。だが次の瞬間に、二頭の狼は角の先端から股間まで正中を分かつように断たれ、飛びかかった勢いのままラウラリスの左右側面を通り抜けて背後に落ちた。

考えるまでもない。ラウラリスの放った神速の剣戟が、迫り来る狼を両断したのだ。

「いつもならちゃんと処理するんだが……後で供養してやるから勘弁しとくれ」

背後を振り向き、詫びの台詞を狼たちの死体に贈ってからラウラリスは歩を進める。

この砦に攻め入ってからというもの、狼に限らず様々な種類の『危険種』が襲いかかってくる。

ハンターが召集された最大の理由は、彼らが常日頃から相手取っている獲物が危険種であることだった。

『危険種』は名の通り、自然に生息する動植物の中でも人間を害する危険性を秘めた類いを指している。具体的な区分は存在していないが、通常生物の生態から外れたものがほとんど。目に映る他の生物を手当たり次第に襲う獰猛性を秘めている――というのが大概の場合。

また、繁殖力が桁外れに強く周囲の生物を食い尽くす恐れがあったり、存在するだけで強い毒素を撒き散らし生態系を崩壊させたりする可能性を有した生物も、同じく危険種に認定される。

この砦ではそういった類いの危険種が飼育されているのだ。もちろん、単なる趣味や愛玩が目的ではない。危険種を戦力として運用する実験のためである。

「馬鹿ってのは、時代が変わっても変わらず馬鹿だねぇ。危険種に分類されてる時点で手懐けるなんてどだい無理な話だよ」

ラウラリスはこれまで『亡国を憂える者』と数度対峙したことがある。彼らのいずれもが別々の研究を行っていた。

ある者は亡き皇帝の魂を現世に呼び出し、生きた人間に憑依させて復活させようとした。ある者は、亡き皇帝に殉ずるための肉体を作り上げ人体実験を繰り返していた。

この砦に潜む幹部は『軍団』を生み出そうとしていた。帝国の権威を象徴する『武力』を得る方法を模索し、辿り着いたのが『危険種の軍事利用』である。

「そりゃぁねぇ、帝国もそいつに手を出してたことはあるんだけども」

かつての帝国に限らず、危険種の軍事利用というのは古から研究されてきた。中には一定の効果を発揮した事例もあるが、その大半が失敗に終わっている。成功事例にしても費用と効果が釣り合わず、やがては頓挫したのがほとんどだ。

確かに危険種生物を軍の一部として運用できれば強力だ。だが、それが制御できる力であればの話である。

「小型の危険種に関してはそこそこ調教できてるようだが……どうだろうねぇ」

ともあれ、この砦には人間以外にも多くの調教された危険種が配備されている。どの程度制御されているかは不明だが、少なくとも『亡国』の人間を襲わない程度の調教はされているようだ。

つまり、この作戦では人間と危険種。その二つを相手にすることになる。

敵が危険種を使うのならば、こちらは危険種討伐の専門家を投入するのが道理。だからこそこの作戦に銀級ハンターが起用されたのだ。

「お？　ありゃグスコじゃないか」

何気なく通路の窓から外の様子を窺うと、ちょうどグスコが『亡国』の構成員と、調教された危険種と対峙している場面が見えた。ラウラリスと違い、ハンターたちは二人一組で行動している。

グスコの傍らにも同じくハンターがいる。

そのハンターも銀級というだけあり、見事な立ち回り。だがそれはグスコも同様だ。人間と危険種という異なる動きをする敵を二つ同時に相手にしながら、決して負けていない。

やはり、動きの質が以前とかなり異なる。踏み込み一つとっても、無駄が省かれた合理性を秘めている。当人は無自覚だろうが、動きにはやはり全身連帯駆動の片鱗を感じさせた。

「いいねいいねぇ。ちょっと見ない間に、随分と腕を上げたじゃないか」

窓枠に肘を突き、ラウラリスは成長した孫を見るような心境でグスコの活躍を眺める。そうこうしているうちに、グスコが危険種を斬り捨て、構成員を当て身で無力化した。まさしく銀級(シルバー)ハンターに相応(ふさわ)しい立ち回り。

グスコとハンターは手早く構成員の手足を縛り上げると、よその援護に向かうために走り去っていった。

「お見事！」

そんな彼らにパチパチと、ラウラリスは称賛の拍手を送った。

「………お前は何を暢気(のんき)に拍手などしている」

「いやなに、若い衆の活躍を見て褒めてやりたくなってさ」

横合いからかけられた低い声に、ラウラリスは振り向く。渋い顔で腕を組んだケインが、咎(とが)めるような視線でラウラリスを刺していた。

もちろん、ケインが近付いてきているのには気がついていた。その上で、あえて彼が近付いてくるまで放置していたわけだ。

「相変わらず、お前の言うことはわからないな」

「そういうあんたも相変わらずのしかめっ面だね」

「誰のせいだと思っている」

「はっはっは」

敵陣の真っ只中というのに、二人は酒場で言葉を交わすような空気を醸し出していた。だがそれは完全に気を抜いているわけではない。双方、常に臨戦態勢であり、いつでも最善最速で動ける状態を保っていた。その上でこうした会話をしているのだ。

「首尾は？」

「今のところ、目立った問題は生じていない。ハンターたちもよくやってくれている」

「そりゃ重畳。で、どうしてあんたがこっちに来てるんだい」

「拘束した構成員の一人に、幹部の居場所を吐かせた。その情報を元に進んでいたら、お前がいただけの話だ」

「あの馬鹿どもからよく情報を引き出せたもんだ」

『亡国を憂える者』は妄信的に帝国――ひいては最後の皇帝を信奉している。ラウラリスとしては迷惑な話だが、少なくとも我が身惜しさに簡単に口を割るような可愛い連中ではない。そいつらの口を割らせたとなると――

「幸いにも、周囲にハンターはいなかったからな」

ふぅと息を吐き、肩を竦めるケイン。おそらくは、人様にはあまり見せられない手段を講じたのだろう。テロリストに人権はないと考えているラウラリスは特に咎めなかった。

「むしろ、どうしてお前がここにいるのかを聞きたいくらいだ」

「私は一番守りが堅そうな箇所を狙ってただけだよ」

さらっと言ってのけたラウラリスに、ケインは口をへの字に歪めた。

守りが堅い場所というのはつまり、その奥に最も重要なものが存在している証拠だ。ラウラリスの考えは合理的だが、やりかたが非合理的だった。そしてその合理的で非合理的な判断を実行できる能力があるのだから始末が悪い。

「アレだ。私とケインの判断が合致したってことは、いよいよこの奥に親玉がいる可能性が高くなったわけだ」

ラウラリスは長剣を担ぎ直すと、意気揚々(いきようよう)と通路の奥へと歩き始めた。その気軽な背中を見て溜息を一つ零(こぼ)し、ケインは後を追った。

奥へと向かう途中、幾度か構成員やそれらに使役された危険種と遭遇はしたが、彼らを止めるにはあまりにも役者不足であった。

一般人では太刀打ちできない危険種ではあるものの、この砦(とりで)で飼育され使役されている種はさほど強い部類ではない。銅級(ブロンズ)のハンターであっても油断しなければ倒せる程度だ。構成員にしても同程度。

特に奇を衒(てら)った展開はなくラウラリスとケインはすんなりと『亡国』の幹部の一人――ビスタの元に辿り着いた。

「我らの尊き使命を理解せぬ愚者どもが！　死してその魂が彼の皇帝を称える糧(かて)となることを喜ぶがイイ！」

小太りの壮年の男――ビスタの外見を一言で言い表すならそんなところであろう。これまで遭遇してきた幹部と比べるといささか個性に欠ける。町で探せばどこにでも見つかりそうな普通の男に思えた。

だが、ラウラリスたちの意識は喚（わめ）く小太り男ではなく、その背後にいる巨大な存在に向けられていた。

一見すれば、蜥蜴（とかげ）のような爬虫類。だが、全身が鱗（うろこ）に覆われたそれの頭には捻（ねじ）れた鋭い角が生えている。ここに来る間に遭遇した狼の頭に生えていたそれとは雄々（おお）しさがまるで違う。

人の頭など容易（たやす）くかみ砕けそうな顎（あご）から生え揃った牙に、鎧を纏っていてもバターのように易々と切り裂けそうな鋭い爪。体長は、大柄な熊の倍以上はありそうだ。

竜種——危険種の中でも特に危険とされている存在である。

一般人なら出会った瞬間に死を覚悟する。ハンターであろうともそれは同じ。銀級（シルバー）ですら、一人では絶対に太刀打ちできない相手。討伐には金級（ゴールド）のハンターが必要とされるほど。記録には、たった一頭の竜によって、国が一夜にして壊滅したという事例もある。

「なんでこんな木っ端（こっぱ）テロリストのアジトに『竜』がいるんだい。明らかに出てくる場面を間違えてるよ。もうちょい盛り上がる状況（シチュエーション）とかだろ、普通は」

「場面がどうのこうのという問題ではないだろ。……ビスタが飼育する危険種の中に、こいつの情報はなかった。おそらく、徹底的に秘匿（ひとく）していたんだろう」

だというのに、それを前にしたラウラリスとケインは、道中と変わらぬ調子で言葉を交わす。悲愴感どころか、危機感すら匂わせない二人の様子に、意気揚々（いきようよう）と叫んでいたビスタの顔が引きつるほどである。

「わ、我らの研究はついに竜をも制御する術を生み出した。この竜は私の意に従い、思うがままに動かすことができる。それがどういう意味かわかるか⁉」

喚き散らすビスタに、冷たい目を向けるラウラリスとケイン。虎の威を借る狐――ならぬ竜の威を借る小太り男であろう。

ビスタの研究とやらもハッタリの一言で済ませられるものではない。竜は唸り声を上げながら静かに佇み、ラウラリスたちを睨みつけている。一方で、側にいるビスタには敵意を向けていない。

危険種の生態も動物と同じ千差万別であろうが、少なくとも自身の側で叫ぶ存在を無視はしないだろう。ビスタが殺されずに無事であることが、竜の使役に成功しているという証左だ。

「でもまぁ、私たちが一番乗りで良かったね。他の奴らじゃぁちと荷が重い」

ラウラリスの剣が翻る。ただそれだけで空気がうねり風が巻き起こる。

「ひぃっ⁉　や、やれぇ！　奴らを殺せぇぇ！」

ただならぬ気配を感じ取ったビスタは喉から悲鳴を搾り出すと、いよいよ竜をけしかける。すると、竜は砦全域に響き渡る咆哮を発し、地鳴りを響かせラウラリスたちへと向かってきた。

その傍ら、ビスタは引きつりながらも笑みを浮かべ、奥へと消えていった。おそらく、正面と裏手の他にも緊急用の脱出通路があるのだろう。

「俺はビスタを追う。任せても大丈夫か？」

「あんなの、慣れりゃぁただのデカいトカゲさ」

「その妙に自信に満ちた態度も変わらずか。だが、この場は任せたぞ」

ラウラリスに告げてから、ケインは駆け出す。竜を避けるように大回りに走り、ビスタが消えた方へと向かう。当然、竜は阻もうと動くが。

「貴様の相手は私だ」

声に竜の意識が吸い寄せられる。声の主が秘める危険性を察知したのか、首を巡らせそちらを見ると、ラウラリスがいた。

「あの愚か者に操られているのだろう。……野に放つわけにもいかないからな。見過ごせない以上、悪いがこの場で討ち取らせてもらう」

ラウラリスは伝わらないとわかっていつつも、一つのケジメとして竜へと告げ、刃を振るうのであった。


——十分後。

砦の内部を大方制圧したグスコを含むハンターたちは、幹部と思われるビスタの元へと急ぐ。ラウラリスとケインが先行しているのは知られており、その加勢に向かっているのだ。

銀級ハンターが十余名。誰もがその顔に強い緊張を貼り付けていた。なぜなら、尋問した構成員の一人から、驚くべき情報を告げられていたからだ。

——ビスタは竜種の制御に成功している。

それを告げた構成員の顔は、拘束されていながらも愉悦に歪んでいた。どれほど劣勢に追い込まれようとも、最終的に勝つのは自分たちだと確信している――そういった類いの顔だった。

（いくらお嬢さんとあの隊長さんが強いからって、竜種に二人で挑むなんてのは無謀すぎる……）

内心でラウラリスの身を案じつつ、グスコは走る。

グスコや他のハンターたちも、剣姫の実力は聞き及んでいる。加えて、国から派遣されてきた騎士たちの強さも、戦う場面を目にしており、彼らを率いるケインの強さも並大抵ではないと推し量れる。

だがそれでも、竜種を相手にするには無理がある。

銀級ハンターであれば人数を揃え、作戦を立てて地の利を生かし、万全の態勢を整えて挑むのが通常だ。突発的な遭遇戦であれば、迷わず退却。もし不可能であった場合、戦っても全滅する可能性が高い。

構成員が吐いた情報がハッタリであることも考えられた。しかし残念ながら、この場にいる全員が砦全域に響き渡る咆哮を耳にしている。少なくともアレを発することが可能な危険種が存在しているのは間違いない。最低限、情報の真偽を確認する必要はあった。

そうであってほしくないと皆で願いつつも、最悪の可能性を覚悟し、ビスタがいるという砦の奥へと進む。

最中に、砦を揺らすほどの地響きが断続的に伝わってくる。積もった埃がパラパラと落ちてくる中、その揺れは徐々に大きくなっていく。

ついにはビスタがいるとされる部屋の前に辿り着く。

いつの間にか、断続的に響いていた揺れが途絶えていた。ハンターたちは一度それぞれ顔を見合わせるが、意を決した表情になり、勢いよく扉を開く。

「あ、お疲れさん」

覚悟を決めたハンターたちを出迎えたのは、一人の少女が発した気軽な声。そしてその後ろには首を断たれ頭を失った巨大な獣がいた。

第二話　ババァの誇りと傷

グスコを始め、ハンターたちは揃って唖然となる。

（なんだか前にも似たようなことがあったなぁ……）

既視感を覚え拍子抜けしてしまうグスコだったが、だからこそ他の者よりも立ち直りが早く、咳払いをして調子を取り戻す。

「……お嬢さん、いろいろと聞きたいことはあるんだが、その後ろにいるやつは？」

「これかい？　ビスタって奴が飼ってた竜だよ。ああ、ケインはそのビスタを追って先に行った。そろそろ戻ってくるんじゃないかねぇ」

「ってことは、その……お嬢さん一人でその竜を倒したのか？」

「まぁね」

戦果を誇示するでもなく、実力をひけらかすでもない。事実を淡々と認めるその様は、圧倒的強者の気品を感じさせる。

「まったく……ちょっとは強くなったと思ってたんだがなぁ。これじゃ自信なくすぞ、俺は」

扉を開く前まで抱えていた緊迫感などとうに霧散してしまった。改めて見せつけられた力量の差に、肩を落とすグスコ。剣を担ぎ腰に手を当てたラウラリスが大きく笑う。

「はっはっは。せいぜい精進することだ。あんたなら、あと五年も真面目に頑張ってりゃぁ、このくらいできるようになるかもしれないよ」

「簡単に言ってくれるよ、本当に……」

ラウラリスの冗談に、グスコは吐息を漏らしながら笑った。

ただ、ラウラリスとしては完全に冗談というわけではない。このまま五年、真摯に実力を培い、いくらかの幸運が重なればあるいはと推測していた。

「やれやれ、本当に一人で倒してのけるとはな……」

奥から戻ってきたケインが、多分な呆れと若干の驚きを内包した声を発する。

その片手には、ボロボロになったビスタが引きずられていた。呻き声が漏れ聞こえているので、生きてはいるようだ。

「どうやら馬鹿は捕まえられたようだね。ご苦労さん」

「こいつ自体は完全な研究職だったからな。追いついてしまえばどうとでもなる」

ケインはぞんざいな手つきでビスタをラウラリスの前に放り投げる。両腕がどちらもあらぬ方向に曲がっているのはきっと、自殺を防ぐためだろう。

ビスタは地面に這いつくばりながら痛みに呻き、顔を巡らせると忌々しげにラウラリスとケイン、ハンターたちを睨む。

ところが、ふと首なしの竜を見て目を見開く。

「わ……私の竜が。帝国最強の戦力となり得るはずだった私の研究成果が……そんな馬鹿な」

「あの程度が帝国最強とは、片腹痛い」

「――ッ」

ラウラリスから滲み出す冷酷な気配に、ビスタが凍り付く。悲鳴を上げたいというのに、声の出し方がわからなくなるほどの威圧感。

「少なくとも、今の私一人に勝てないようでは、その看板は背負えないな」

「ひ、一人で……だと――ッッ!?」

かつての帝国で最も強かったのは紛れもなく、悪徳皇帝ラウラリス・エルダヌス。今のラウラリスはその全盛期にはまだ及ばない。それに負けるようでは、帝国最強を名乗るのもおこがましい。

「危険種を使役しようという発想自体が、そもそもの失敗だ」

「何を――」

「あの竜が、危険種本来の強さを有していたら、もう少し手こずっていた。その辺りを理解できていなかった時点で、貴様の研究とやらは前提からして破綻していたのだよ」

人の制御が行き届くように調教されれば、それだけ野生の本能が薄くなる。その躰を十全に動かすために最適化された思考を弄られてしまえば、弱くなって当然だ。

軍で運用される騎馬は、品種改良されている特別製だ。人を乗せて戦うことを前提に配合され育成されており、だからこそ戦場で能力を発揮できるのだ。

危険種の場合、人が操れる程度に堕とされてしまえばもはや危険種ではない。ただの家畜に成り下がる。

膨大なコストをかけて調教した危険種が、危険種本来の強さを失ってしまえば意味がない。過去に帝国で行われた研究が頓挫したのも、結局はこの辺りが理由だ。

「無駄な努力、誠にご苦労だった。己の無駄骨を存分に悔やむがいい」

「――――ッッッ」

自らの成果を徹底的に貶められ、ビスタはいよいよ涙を流し始める。感情が暴発し、ラウラリスの威圧がなくなろうとも声を出すことを忘れて、喉から声にならない悲痛な音を漏らす。

「おい、下手に煽るな。舌を噛まれて死なれでもしたら困る。こいつからはまだ何も聞き出していないんだからな」

ケインはビスタの躰を押さえつけると、今にも舌を噛み切らんばかりの口に縄を咬ませた。

「どうせ何も吐かないんだ。今死ぬか後で死ぬかの違いだろ」

「だとしても、だ」

咎めるような視線を向けるが、ラウラリスは腕を組み、ぷいっとそっぽを向く。まるで己に非はないと言わんばかりだ。

その仕草は、直前まで冷酷な強者の気配を滲ませていたとは考えられないほど、外見年齢相応の可愛らしいものであった。

「なんだかよくわからんが……お嬢さんには隊長さんも苦労してるみたいだな」

「わかってくれるか。本当にこの女ときたら。化け物みたいに強いのは承知してるが、だからこそ悩むところだ」

「ちょっとまて、そこで妙な団結力発揮しないどくれよあんたら⁉　化け物呼ばわりは百歩譲って良いけど、苦労をかけた記憶はあまりないよ！」

「『気苦労が……ちょっと酷くてな』」

「溜めまでシンクロしてる⁉」

心が通ったように頷き合うグスコとケイン。あまりの扱いに、百戦錬磨の美少女（内面八十歳超えババァ）も傷つくのである。

――なおこの間、他のハンターたちは目の前の状況にどう対応すれば良いのか考えあぐね、黙って見続けることしかできなかった。

そしてビスタは途中から完全に無視されるというありさまに、とうとう精神が限界を迎えて気を失っていた。

『亡国』の拠点は壊滅。詰めていた構成員のほぼ全てを排除ないし無力化した上に、組織の幹部であるビスタの生け捕りにも成功。一方で作戦に参加した者の人的被害は皆無に等しく、作戦は文句なしの大成功であった。

それから幾日か経過した頃――

「報酬が入った後の飯は格別に美味（うま）いね」

「久々に見たが……本当によく入るな、その量が」

ご機嫌にフォークとナイフを進めるラウラリス。彼女のテーブルに堆（うずたか）く積み上がった皿を目にしながら、対面に座るグスコは杯に注がれた酒を呷（あお）る。ラウラリスの規格外にいちいち驚いていてはキリがないという、もはや諦めの極致である。

　ラウラリスはハンターたちと共に、酒場で作戦の打ち上げをしていた。そして他のハンターとの会話に花を咲かせつつもずっと食を進めていた。その食いっぷりも噂（うわさ）に違（たが）わぬということで、ある種の尊敬に近い眼差しを集めたのはご愛敬（あいきょう）。

　今は慣れ親しんだ者たち同士で騒いでおり、ラウラリスも知った顔であるグスコとの会話を楽しんでいた。

「しかし、やっぱりお嬢さんは凄（すげ）ぇなぁ。まさか竜を一人で仕留めちまうなんて。特例で、今回は買い取り報酬も出るんだろ？」

「さんざん調教されて危険種としての本能がかなり薄れてたからねぇ。ありゃぁ、あんたらでも十人いれば普通に倒せるくらいに弱まってたよ」

「それでも十人は必要なのか……とんでもねぇな。ほんと、先はまだ長いか」

　しみじみと呟きながら、再び酒に口を付けるグスコ。その表情は投げやりとは違った、見据える先を改めて定めた者の顔つきをしていた。

　ラウラリスは内心でほくそ笑んだ。この男（グスコ）はまだまだ伸びる。次に会う時が楽しみだ、と。

「それで、今回の仕事は終わったわけだが、この後はどうするつもりなんだい」

　グスコは親指で、酒を浴びるように飲んでいる他のハンターを指す。ラウラリスたちの視線に気がついたのか、酒精で顔を真っ赤にしながら、上機嫌に持っている杯を掲（かか）げた。ラウラリスたちも軽く手を挙げて返した。

「あいつらに次の仕事に誘われててな。物資の補充が済んだら、ぼちぼちここを出発するつもりさ。そういうお嬢さんは？」

「私はのんびりと、この町の手配犯たちをしばいてから考えるよ」

「のんびりってなんだっけかなぁ…………」

ぼやいたグスコだったが、こちらに近付いてくる姿に「ん？」と顔を向ける。ラウラリスもそちらに目をやると、少しばかり神妙な様子のケインがいた。

「仕事明けの飲み会でしけた顔なんかするもんじゃないよ」

「…………」

ラウラリスの側まで来ると、ケインは額に手を当て悩ましげな声を漏らす。場にそぐわない重苦しい様子に、グスコが問いかける。

「隊長さん、何かあったのかい？」

「あったと言うべきか、これからあると言うべきか……」

「あんたにしちゃぁ要領を得ないね」

ラウラリスとグスコに揃って目を向けられ、やがてケインは溜息をついてからラウラリスに言った。

「先頃、ギルドを経由して領主からの言伝が届いた。『此度の作戦で奮闘した者を労うためにパーティーを催す。ついては最も大きな功績を上げた剣姫を是非とも招待したい』と——」

「断る」

もはや反射的とも呼べるにべもない即答であった。それを受けたケインの顔は相変わらず渋い。

「隊長さん、最初からお嬢さんが断るってわかってただろ」

「……俺としても、頷いてもらえるとは思っていなかった。だが、今回の作戦を行うに当たって、領主にも便宜を図ってもらったからな。無下にもできん」

「これがハンターだったら、二つ返事なんだけどなぁ」

今度はケインとグスコの視線を浴びるラウラリスだったが、彼女は腕を組んでフンと鼻を鳴らす。

この近辺を治める領主にとって『亡国を憂える者』などという危険組織は、いつ爆発するかわからない火薬箱のような存在であったはず。

幸運なことに、ビスタたちはあの砦を拠点として以降、目立った活動を行っていなかった。『危険種の使役』という無駄な研究に専念するために引きこもっていたのだろう。

本格的に行動を起こし、被害が出る前に壊滅したとあらば喜ぶべきことだ。特に、拠点の頭目であり組織の幹部だったビスタを捕縛できたのは間違いなくラウラリスの活躍が一番大きい。感謝を込めて労おうとする領主の気持ちもわからなくはないが。

「そもそも私はハンターじゃないしね。私は今の根なし草暮らしが気に入ってるんだよ。自分から囲われるつもりは毛頭ないよ」

「ま、お嬢さんならそう言うか。権力者と少しでも繋がりができるのを嫌がって、ハンターになるのをやめた女だからな」

「理解が早くて助かる。労いが全部嘘ってわけじゃぁないだろうが、唾付けとこうって魂胆が丸見えだ」

むしろハンターではない分、ラウラリスはスカウトしやすいとでも考えているのか。だが、ラウラリスにとっては権力者との繋がりは一番避けたいしがらみだ。

ラウラリスがそういった人間であることはケインにもわかっているだろうに。

「私が断ると最初からわかっていた上で頼み込んでくるか。どういう風の吹き回しだい」

「……今回だけは俺の顔を立てると思って、折れてくれないだろうか」

詳細を濁してはいるが、このままでは頭を下げかねない勢いだ。

「俺はちょっと席を外した方がいいか？」

居心地の悪さを感じたのか、グスコが気まずげに言うがケインは首を横に振った。

「一番功績の大きい剣姫を是非にとは言ったが、パーティーには作戦に参加したハンター全員が呼ばれている。一足先に彼女に伝える形となったものの、まもなくそちらにも通達があるはずだ」

「そうなのか。じゃぁ俺は遠慮なく参加させてもらう。ここで顔を売っとけば、指名依頼のきっかけになるからな」

ハンターであるグスコはパーティーへの参加を二つ返事で答えた。

腕っ節で成り上がれるハンターではあるが、さらに上を目指すのであればこういった人脈も何かと必要になってくる。チャンスを逃さないという点で、グスコの選択は正しい。

「で、お嬢さんはどうするんだい？」

「…………………………」

グスコの問いかけを受け、ジロリと鋭い視線をケインに投げかけるラウラリス。先ほどから変わらず、ケインは渋い顔のままだ。

およそ一分近くそうした後に、ラウラリスは目つきを緩めた。

「あんたにそこまで頼まれちゃぁ仕方がない。良いだろう。今回は特別だ」

「……助かる」

ケインは申し訳なさそうにラウラリスに礼を述べた。そんな彼に、一本立てた指を突きつける。

「だが、こいつはあんたへの一つ貸しだから、覚えときな。それと、引き抜き関連の話には一切付き合うつもりはない。どこかの誰かが一言でも言い出した時点で帰らせてもらう。コレが最低条件だ」

「了解した。徹底するように先方には伝えておこう」

とりあえずの承諾を得られて、ケインの肩から若干だが力が抜けた。ラウラリスの鋭い視線に気圧されていたのもあったのかもしれない。

「……隊長さん、大丈夫か？　お嬢さんに借りを作っちまうのって結構ヤバくない？」

「いかにこいつが化け物じみた常識外れでも、人道に外れるような要求は出してこないはず……と俺は祈ってる」

「なんであんたらもう仲良さげなのさ⁉」

ラウラリスの絶叫は、周囲の馬鹿騒ぎに紛れて消えていった。

ハンターという職業は、時に『荒くれ者が一攫千金を狙う阿漕（あこぎ）な商売』と思われることがある。

事実、そういった点があるのも否定はできない。

あまりにも戦闘職に不向きな幼い子供や可憐（かれん）な女性を除けば、よほどのことがなければハンターになるための資格は求められない。

ただそれも銅級（ブロンズ）の上位。あるいは銀級（シルバー）を経（へ）れば印象が変わる。

どの分野、業種であっても入るのは簡単でも、そこから成り上がるのは難しい。銅級（ブロンズ）の上位の時点で、既に経験豊富。銀級（シルバー）ともなれば一流だ。当然、依頼される内容も難易度が増していき、単に危険種を狩猟していけばよいというわけではなくなる。

特に、銀級（シルバー）ハンターにもなると貴族からの指名依頼が舞い込んでくることもある。貴重な資源の採取や、護衛など。これらを完遂できれば確かな実績となり、さらなる依頼を呼び込むこととなる。

そして、貴族などの権力者や富裕層にとってもハンターは重要な位置を占（し）めている。名のあるハンターとの繋がりは一種のステータスであり、また純粋な力になり得る。彼らの手に入れた資源を得ることができれば、それだけ自領の利益となるからだ。

貴族とハンター。一見すればまるで関わりのない立ち位置にいるようであって、その実は案外持ちつ持たれつの関係なのだ。

それだけに、有能な者ほどハンターというものをよく理解している。基本は根なし草の彼らに貴族のしきたりを強要することはない。必要最低限の礼儀と法さえ守っていれば、大概のことはお咎（とが）

めなしだ。

つまりは、土地を治める領主様が開催するパーティーであろうとも、よほど薄汚れていなければどんな服装であってもさほど気にされないのだ。むしろ、仕事中の装備を着てほしいと頼まれる場合もあったりする。

ところが、何事にも例外というのはつきものだ。

ハンターを労うパーティーに無所属の賞金稼ぎが参加していたり。そしてその賞金稼ぎが同性すら羨むほどの美しい少女であったり。また、その少女が単なる町娘で軽鎧と普段着しか持っていなかった場合だ。

「……やっぱり断わっておきゃぁよかったかね」

ぼやいたラウラリスの前には、長いハンガーラックに並ぶドレスと忙しなく動く女性たち。

「さぁラウラリス様、時間もありませんし早速始めましょう」

「……お手柔らかに頼むよ」

一番年長らしい女性の満ちたやる気に反比例するように、ラウラリスの声には力がなかった。

――領主の開催するパーティーの通達があった一週間後。パーティーまでは暇潰しに手配犯を捕まえようかと考えていたラウラリスだったが、それに待ったをかけたのがまたもやケインだった。

他のハンターよりも先行して屋敷に向かってほしい、と。眉をひそめつつも素直に従い、屋敷を訪れ案内された部屋に向かったらこの状況だ。

部屋にいる女性は全員、仕立屋の従業員。彼女たちはパーティーに参加するラウラリスのドレスを用意するために招集された、貴族御用達の装飾のプロだった。

さすがに一から衣装を用意するには時間が足りない。そこで既存のドレスに手を加え、ラウラリスのサイズに合わせて調整するということとなった。

最初は気乗りしなかったラウラリスだったが、少しすれば考え直した。

ラウラリスとて女なのだ。おしゃれに興味がないわけではない。折角の機会であるし、今のラウラリスはうら若き少女。たまにはこうしてドレスで着飾るのも悪くはないだろう。

「この手の衣装に袖を通すのは何年ぶりか……いや、違う系統のはこの前に着たな」

ここではない、とある商人の屋敷に忍び込むために特別な服装をしたが、それはまた別の話だ。人に見せることを前提にした衣装は今世では初めてかもしれない。

――ガシャンッ！

「きゃぁあっっ!?」

重苦しい硬質な物が床に落ちる音。その直後に悲鳴が上がった。室内の誰もがそちらを見ると、壁に立てかけていたはずのラウラリスの長剣が倒れており、側には両腕を縮めて硬直している若い女性。

「何をしているの！　勝手にお客様の物に触れる人がありますか!!」

「す、すいません！」

先輩らしき者がピシャリと叱ると、凍り付いていた女性がはっとなりペコペコと頭を下げる。もしかしたら、仕立屋に入ったばかりの新人なのかもしれない。ラウラリスの長剣が物珍しく、また彼女が軽々しく扱っていたのを見て興味本位で触ってしまったのだろう。

「申し訳ありません、ラウラリス様。ウチのものが大変な粗相を」

「今後、同じことをしなけりゃそれで結構だ」

ラウラリスは倒れた長剣の元に向かう。その間に、女性が数人がかりで長剣を立て直そうとしたが、あまりの重さにビクともしない。鍛えたハンターであろうとも、一人では扱えない代物だ、無理もない。

「やめときな。下手に頑張ると躰を痛めるよ」

女性たちを下がらせると、ラウラリスは「よいしょっ」と長剣を持ち上げ、再度壁に立てかけた。数人がかりでも動かなかった重量を、自分よりも若く可憐な少女が軽々しく扱う様に驚く従業員たち。

先ほどの位置に戻ったラウラリスは、こちらもやはり驚いている年長の女性に言った。

「さ、時間がないんだろ？　さっさと始めようか」

「は、はい。では計らせていただきます」

最初に若干のトラブルはあったが、そこから先はさすがにプロ。テキパキとラウラリスの躰を採寸していく。

「嘘……この背丈でこれなの？」

胸囲を採寸ロープで計っていた従業員が戦慄していたり。

「腰細っ……腕も細っ。……本当に同じ女なのかしら」

ブツブツと独り言を呟く者もいたり。

「………この筋肉……良い（ジュルリ）」

怪しげな笑みを浮かべる者もいたりと。

（大丈夫なのか、この仕立屋）

若干心配になるラウラリスだったが、仕事そのものは至極真面目だ。最初に剣を倒してしまった新人も、先輩が読み上げる数値とコメントを余さずメモに書き記（しる）している。仕事さえちゃんとこなせれば、人間性は考慮しない職場なのかもしれない。

その後も様々な部位の計測が終わり、年長の女性がハンガーラックにかかっていたドレスを何着か選ぶ。

「ラウラリス様のスタイルですと、この辺りのドレスが良いかと思われます。もちろん、他にご希望があれば考慮いたしますが」

「そうだねぇ……」

選ばれたドレスを見て、ラウラリスは困ったように眉をひそめた。

「悪いけど、全部無理だね」

確かに、プロだけあって見立ては素晴らしい。どれもラウラリスを飾るに十分すぎるものだった。

ただ一点だけ問題がある。

背中の露出が大きすぎるのだ。

美しい女性がその肉体を見せつけるという点で、このチョイスは普通だろう。パーティー衣装としては何ら不自然ではない。

「……失礼ですが、理由をお聞かせいただいてもよろしいでしょうか」

己の見立てが叶わなかったことにプロとしてのプライドを刺激されたのか、年長の女性が口調を硬くする。

「ああ、言葉が足りなかった。文句を言ってるわけじゃぁないよ。あんたの選んだドレスはバッチリだ。ただちょっと、私に問題があってね」

どう伝えたものかと僅かばかり考えた後、ラウラリスは纏っていた服を脱ぎ出した。彼女の突然の行動に目を丸くする周囲をよそに、ラウラリスの上半身は下着のみになった。

そのあまりにも完成されすぎたプロポーションに恍惚（こうこつ）の溜息を漏（も）らす者もいたが、ラウラリスのとある一点を目にすると息を呑んだ。

それは芸術品とさえ称させるほどの肉体美にはそぐわない、胸元と背中に刻まれた一筋の傷跡だった。

「とまぁ、こんな具合でね。私自身は見られても気にしないが、かと言って好き好んで見たがるやつもいないだろうさ」

「そう……ですね。失礼いたしました。では改めて選ばせていただきます」

年長の女性は一度、ラウラリスへと頭を下げてから、再びドレスを選び始めた。おそらく、ラウラリスが強がっているとでも思っているのかもしれない。

女性にとって、躰（からだ）の傷はそれこそ一生残る汚点として扱われる。貴族の世界であっても、肉体の

傷が残ることを理由に婚約が破局を迎えるという話はさほど珍しくはない。

ただ、ラウラリスにとってこの傷は違う。

(個人的には、こいつが残っててくれて嬉しいんだけどね)

コレはかつてのラウラリスが、勇者に討ち取られた際にできた傷跡。

誇って良いものではないが、それでも彼女はこの傷を大事に思っている。彼女が大罪を犯した証であり、本懐を遂げた証でもあったからだ。


「我が領に潜む悪辣な者どもを倒してくれたこと、誠に感謝する。今日は無礼講だ。皆、存分に楽しんでいってくれ」

格式張った長々しい話など誰も聞きたがらないとわかっているようで、領主の手短な挨拶の後、ハンターたちを労うパーティーが始まった。

無礼講とは言われたが限度は弁えているらしい。服装こそ普段通りだが、先日に行われた酒場での打ち上げとは打って変わって、ハンターたちは落ち着いた雰囲気で用意された料理や酒を楽しんでいた。

近場に構える他領の貴族も招かれているのか、貴族同士の話に花を咲かせる者もいれば、めぼしいハンターとの繋がりを得ようと接触を試みる者もいる。

つまりは、どこにでもあるような貴族のパーティーである。

そんな中、労われる側であるハンターたちが皆、一様に落ち着きなくそわそわし始めた。仲間と話していたり、貴族を相手にしていたりする者も、時折会場内をキョロキョロと見回している。まるで誰かを捜しているかのようだ。

「みんな落ち着きがねぇな。まぁ、気持ちはわかるけど」

「そういう君は落ち着いている様子に見えるが」

「他の奴らよりもちょっとだけ付き合いが長い分、心構えみたいなもんができてるだけさ。どうせ驚くんだから、今から慌てても疲れるだけだろ」

「驚くのは決まっているのか」

「当然。だってアレだぞ？」

「まぁ……アレだからな」

会場の一角で、共に酒の注がれたグラスを手に言葉を交わすグスコとケイン。どちらも他の面子に比べれば周囲を観察する余裕はあった。

「それにしても、物好きだな。俺のような奴よりも、貴族のご子息ご令嬢と話せば良いものを。そのためにここに来たのだろうに」

「最初は俺もそのつもりだったんだが……実はこの手のパーティーってのは初めてでね。銀級になりたてにはちょいと難易度が高い。今日はこの空気に慣れることに専念するよ」

この二人、拠点襲撃の作戦終盤から酒場での会話を経て、なにやら仲が良くなっていた。人間というのは、共通の話題があると話が盛り上がるものだ。

「それに、隊長さんと繋がりを持つのはそう無駄なことじゃないと俺は思ってる」

「そういうものか……」

　ケインの表の立場は、国から派遣された騎士。ただ、グスコの言葉に含まれたニュアンスは、単にそれだけではないようにケインは感じた。

「で、皆がお待ちかねのあいつはいつになったら来るんだ……まさか、直前でやめたという話にならないだろうな」

「ああ見えて義理堅いし、土壇場で逃げ出すようなことはないだろ」

「そうであってほしいものだ……いや本当に」

「だが、いやしかし……」と不安げに顔をしかめるケイン。この人も苦労させられてるんだな、と改めて妙な共感を覚えるグスコだった。

　そんな時だった。

　穏やかな会食だったはずなのに、城内の隅から落ち着きのない気配が染み渡る。談笑の声がいつしか潜まり、囁き声ばかりが聞こえ、ついに中央にまで到達する。

　もちろん、その原因がなんなのか、ケインとグスコは考えるまでもなかった。

　考えるまでもなかったが――

「………ああうん、さすがはお嬢さんだ。予想通りに予想の上を行くなぁ」

「本当に目立ちたくないのか、あいつは」

　パーティー会場の空気を一変させたのは、やはりラウラリスだった。

　この手のパーティーで、淑女の装いと言えば煌びやかなドレス。胸元や背中を露出させ、アクセサリーで彩ったゴージャスなものが相場。

だがラウラリスの装いはその真逆だ。

業界では『ホルターネック』と呼ばれる類いのドレス。

首元から下半身までスリムなドレスで覆い、露出しているのは肩から腕のみ。装飾も皆無に等しく、装いの煌びやかさはない。

だからこそ、纏う者が本来持つ煌びやかさが引き立てられる。露出は少なく装飾もない。それ故に、当人の備えた女性的なラインが際立つ。

会場の空気がおかしくなるのも当然だ。

「魔性の女ってのを絵に描いたら、多分あんな感じだろうなって俺は思ったね」

グスコの率直な感想に、ケインは言葉はなくとも頷いた。

間違いなく今のラウラリスは美しい。普段の可憐さとは打って変わって、持ちうる女性らしさを全面的に押し出している。だが、あまりにも美しすぎる。強すぎる光が時折、見る者の目を蝕むように、ラウラリスの美しさは強烈すぎる。

どこからか現れた美女に国の王が入れ込みすぎ、国政が傾いて国が滅んだという逸話は数知れない。誰もラウラリスに声をかけようとしないのは、もしかしたらその時の王の気持ちがわかってしまうからかもしれない。不用意に声をかければ、身の破滅を招くと危機感を覚えているのか。

「まるで傾国の美女だな。下手に手を出したら国が滅ぶ」

「お嬢さんの場合、本当にやっちまいそうで怖い」

実際にやらかしている系美少女（中身はババァ）であることなど、二人は知る由もない。

ラウラリスはそのまま、領主の元へと向かう。遅れた詫びと出席の挨拶でもするのだろう。

普段の豪胆さはどこへやら、完璧な立ち振る舞いで、領主に頭を下げるラウラリス。主催者としての立場もあり鷹揚に対応する領主だったが、よくよく見ると顔が引きつっている。

興味本位で藪を突いたら、大蛇が出てきてしまったという心境だろう。冷や汗をかきながらラウラリスに言葉を返している。

「悪いが俺はここで。一応、無理矢理に参加させた手前、放っておくのはな」

「了解した。俺は適当にやっとくから、お嬢さんによろしくな」

グスコに別れを告げると、ケインはラウラリスの元へ向かった。


「やれやれまったく。お偉いさんとの話は堅苦しくて仕方がない」

「その割には慣れた対応だったな。お前がいつやらかすかと、こちらはヒヤヒヤしていたくらいだ」

「私だって時と場合くらい考えるさ」

パーティーでの会食も一段落。領主との挨拶や、来賓の貴族たちの会話をそれなりにこなしたラウラリスは、疲れを理由に会場の外に出ていた。ケインも付き添いとして同行している。

「けどやっぱり、何人かは今後に何らかの形で接触してきそうだ」

予めケインを通して勧誘の話が出てこないように領主に伝えてはいたが、会話をした貴族の幾人かは、油断ならない視線をラウラリスに向けていた。

「こいつはデカい貸しにしとくからね、ケイン」

「それは承知しているが……だったらなんで衣装に気合を入れてきたんだ」

「そりゃぁ私も女だからね。おめかししたくなる時だってあるさ。せっかく衣装を用意してくれるってんで、お言葉に甘えさせてもらっただけだよ」

ラウラリスはドレス姿を見せつけるようにクルリと回る。相変わらず恐ろしいほどの美貌だが、その仕草だけは外見相応に可憐（かれん）であった。

「おめかしというレベルを超越しているだろ」

「おっと、惚れたかい？」

「お前に惚れたら、身を滅ぼしそうで怖い」

「失礼だねまったく。こんないい女を前にして」

文句を言いつつも、その表情は明るい。ケインも今のラウラリスが格別に綺麗であるのは認めるところであり、それを彼女もわかっているからだ。

夜半の空を見上げながら、ラウラリスは大きく息を吸い込む。星空を眺め、清々（すがすが）しさを感じさせる吐息を漏（も）らす。

「さっきはああ言ったけど、こういうのもたまには悪くない。剣を振り回すだけが人生じゃないってね」

「好き好んで剣を使っていると前に聞いたが？」

「悪党や馬鹿をぶちのめすのはもちろん好きさ。けどせっかくこうして生きてるんだ。いろんな経験をしなきゃぁ損だろ」

かつてのラウラリスにとって、貴族との会食は政治的な手段の一つに過ぎなかった。着飾ることも貴族との談笑も全て、陰謀の一部。貴族にとってのパーティーとはむしろそういうものだとわかっている。

今回のパーティーも似たようなものだろう。それでも、今のラウラリスにはそれを含めて楽しむ余裕があった。普段であれば目立つのは避けるところを、こうしてドレスで着飾ったのも、なんだかんだでラウラリスがパーティーを楽しむためであった。

「そう考えりゃぁ、あの腹黒さが見え隠れする雰囲気もなかなかに愉快だね」

「趣味が悪くないかそれは……楽しんだなら借りはなしでいいだろ」

「それはそれ、これはこれさ」

顔をそむけて舌打ちをするケインに、ラウラリスは「うひひひ」と意地悪く笑う。

そうしているとふと、使用人姿の女性がこちらに近付いてきた。

「ケイン様。ご領主様がお呼びです。申し訳ありませんが、来ていただけますか」

使用人の言葉を受け、ケインは一度ラウラリスの方を見る。対して彼女は気怠(けだる)げな仕草で手をヒラヒラとさせる。ぞんざいな扱いにいささかムッとなりつつも、ケインは屋敷の中へと向かう。使用人もラウラリスに恭(うやうや)しい礼をしてからケインの後を追った。

一人残されたラウラリスは夜風を感じながら、またぼんやりと夜空を見上げる。

己が今世において新たな生を得てしばらくの時間が経過した。かつて生きた八十余年にはまだ遠く及ばず、だがそうであっても多くの体験ができた。

「やってることはまぁ……昔と変わらない気がするけど。でも不思議だね、前よりもずっと楽しいんだな、これが」

この世に新たな生を享けた時、己を転生させた『神』が告げた言葉を思い出す。

――義理も義務も持たず、好きに第二の人生を謳歌してください。

言い方は変だが、今の自分はそれができているのだろう。これならあの妙ちくりんな神様も文句はないはずだ。

ただどうせなら、前世ではできなかったこともしてみたいと思うのは贅沢な悩みだろうか。

悪党退治も危険種討伐も、ご馳走を味わうのもパーティーに参加するのも、なんだかんだで前世で全部やってきたことだ。もちろん、今世ではずっと楽しんでいるのだが。

「商売に手を出すか……元手はそれなりにあるけどねぇ。不正経理を見つけるのは大得意でも、売買に関しては現在の経済状況を調べる必要があるし」

相変わらず、外見に似合わない酷く現実的なチョイスだ。中身が齢八十過ぎのババァであるが故に、当然と言えば当然なのだろうが。

「少しよろしいでしょうか、お嬢様」

ふと、声をかけられる。

ケインではない。

背後を見やると、青年が立っていた。

「ああ、コレは失礼しました。会場の外にお連れもなく美しい女性がいたので、つい声をかけてしまったのですが」

一目でわかった。

この男は、今回のパーティーに参加している誰よりも『上等』であると。

身に着けているものはシンプルであるが、細部を見ればどれも非常に最高品質。そしてそれを纏う人間が参加者の誰よりも様になっていた。容姿端麗というだけではない。それを着ることが当然という日常に身を置いていることの証左だ。

「まさか、このパーティーの主役である剣姫であるとは知らずに。無礼な我が身をお許しください」

大仰な手振りを交えながら頭を下げる青年。

ケインとはまた違った方向に顔立ちが整っている。あれは他者に愛想が良いタイプではないが、こちらは人の懐にするりと入り込むような笑みを浮かべるタイプだ。

おそらくは、開催者である領主と同等かそれ以上の立場にいる人間。どこかの大貴族が、お忍びで遊びに来ているようなものか、と推測できる。

言葉の所々に軽薄な印象を受けた。第一印象で言えば、女好きの優男といったところか。初心な娘であれば、笑みを浮かべるだけでころりと傾いてしまうだろう。

「とはいえ、アナタのようなお美しい方に声をかけないという選択肢は、自分にはないものでして」

ここまでは、皇族としての経験を重ねたラウラリスの見立て。だが同時に、武人としての目が青年を鋭く見据える。

百戦錬磨のラウラリスだ。如何に非戦闘中であろうとも、周囲への警戒は無意識レベルで行っている。近付く者があればわからないはずがない。

だが、殺気がなかったとはいえ、これほど近付かれるまで全く気がつかなかったのだ。

ラウラリスは口端を吊り上げる。

「どこかのお坊ちゃんが、気配を殺して近付いてくるとか、警戒しない方が無理じゃないか？」

内心に抱いた感想を率直に伝えると、青年は驚いたような表情を浮かべ、それから愉快そうに笑った。

「ははは、まさに噂通り。いや、それ以上に手強い相手だ」

一頻り笑い声を発した後、青年はラウラリスの眼前にまで足を踏み入れていた。相変わらず殺気はないが、それでも無遠慮にここまで踏み込まれたというのは、少女の躰になってからというものあまり経験がない。その前に、長剣で薙ぎ払っているからだ。

「だからこそ、その美しさがより一層に輝くというもの。どうでしょう、私と一緒に夜の散歩でも」

青年は徐にラウラリスの手を取ると、口付けをしようと顔に近付ける。

「そこまで許した覚えはないよ」

　調子に乗るなと、ラウラリスは青年の躰を投げ飛ばそうと腕に力を込める。彼との体格差は一回り近くあるが、彼女にとっては酒精の注がれた杯も成人男性の躰もさほど変わりはない。

　肉体稼働の極みで得た、圧倒的膂力で投げ飛ばすだけ――

「――――ッ」

「っと、随分と手荒いお嬢様だ」

　ギシッと、どこからか響く。それは、ラウラリスと両者の躰から発せられた拮抗の音だった。

「あんた……」

「まったく、その可憐な躰にどれほど力を秘めているんですかね」

　いよいよ目を見開くラウラリスに、青年は女好きする笑みは崩さず、だが、頬に伝わる冷や汗は隠しようもなかった。

　傍目からすれば青年がラウラリスの手を取り、至近距離で見つめ合っているような図。素人であれば、劇中の一幕と言われても素直に納得できるほど絵になる光景だ。

　一方で、武に通ずる者が目にすれば息を呑んでいただろう。今の二人の状態はまさに、一流の戦士が剣と剣を交錯させた鍔迫り合いのような状態だ。

　互いの筋肉、骨、関節が噛み合い、激しい力が発せられていた。相手の力の強さや呼吸を読み取り、その一歩先を行こうとする。さらにそれすらも読み取り己の力を変化させている。

「ちっ――」

ラウラリスは舌打ちをする。相手に怪我をさせないような力加減ではラチが明かない。少しばかり本気を出そうかと気持ちを切り替え、さらに力を込める。

「っとぉっ、危ない危ない」

ところが、青年はパッと掴んでいた手を離してしまった。

（こいつ……寸前で逃げやがったか）

ラウラリスの舌打ちに反応した――のではない。青年の力がラウラリスに負ける直前の刹那を見計らい、ギリギリのタイミングで手を離し、投げ飛ばされるのを逃れたのだ。

「いや本当に凄い。これなら確かに、調教されて牙の抜けた竜なんて相手にならない」

「……私を挑発したのは、わざわざそれを確かめるためか」

ラウラリスの警戒心を強めた視線を受けながら、青年は確かめるように手の平を開閉する。

「剣姫の噂は貴族の間でも囁かれていますよ。ただ、今日のアナタを見て、その噂は尾ヒレが付いたものだと考える者も多い。もっとも、目の肥えた者ならその立ち振る舞いだけでアナタがただ者ではないと確信しているだろう」

「そのうちの一人がお前というわけか」

「いやいや、僕は前からアナタに興味があったんですよ、ラウラリスさん」

青年は現れた時と同じ大仰なお辞儀をする。

「では、今日はここで失礼させていただきます」

「好き勝手に言うだけ言って帰るのかい」

「いえ、おそらく近日中にお会いできるかと思いますので、その時に改めてご挨拶をさせていただければ。では、良い夜をお過ごしください」

青年はそう言って、ラウラリスに背を向け去っていった。

その背中に跳び蹴りでも食らわせてやろうか、と一瞬だけ考えたラウラリスだがさすがに自重した。今のラウラリスはドレス姿で激しい動きはできない。もし仮にやったとしても、あの青年相手だと回避されそうだ。

さらに、だ。

先ほどの力の鍔迫り合いで、ラウラリスは一つの確信を得ていた。それが幸運であるか不幸であるかはこれからの展開次第だ。

(こうも立て続けに現れるか。いよいよ何かに取り憑かれてるんじゃないだろうね、私)

取り憑いている某に若干の心当たりはある。もしかしたら今の様子も面白おかしく観客気取りで見ているのかもしれない。

「本当に、この人生は飽きないね、まったく」

屋敷の廊下を歩く青年。その足取りは軽い。ラウラリスとのやり取りは、思い返せばほんの一時。かくも短き時間でありながら、非常に有意義な時間であった。

「次に会うのが楽しみだなぁ」

まるで少年のように弾んだ声で呟く。

と、その歩みが不意に止まる。

柱の陰から黒髪の男性——ケインが姿を現した。

青年は気軽に手を振る。

「やぁケイン。今回は僕の我儘を聞いてくれてありがとう。おかげで貴重な体験をさせてもらったよ」

「それは何よりだ。だが忘れるな。今回はどうにか無理を通したが、二度目はないぞ。俺はこれ以上あいつに借りを作るのは御免だからな」

「もちろん承知している。次は君を頼らない形でどうにかするよ」

「そういうことを言っているんじゃない」

青年は睨んでくるケインの横に立つと、その肩に手を置く。

「捕まえた『亡国』の幹部をこれから王都に移送するんだろう。君のことだから万が一はないと思うけど、一応は道中には気をつけてくれよ。せっかくあの剣姫が手伝ってくれて生け捕りにできたんだから」

「言われるまでもない。ただ、剣姫にちょっかいを出すつもりなら覚悟はしておけ」

ケインの視線がさらに切れ味を増す。

「アレはお前がいつも口説いているような、そこらの女とは全く別の生き物だ。生半可な気持ちで手を出せば火傷どころじゃすまないぞ」

「ああ、身をもって味わった。だからますます興味が湧いたよ」

青年はクスリと笑って肩から手を離し、そのまま歩き出した。

「じゃぁなケイン。アマンにもよろしくな。また一緒に酒でも飲もうってさ」

「自分で伝えろ。俺はお前と違って忙しいんでな」

ケインもまた青年に背を向けたまま、振り返らずに歩き出した。

――ラウラリスの与り知らぬ、屋敷の中であった一幕である。

第三話　取引するババァ

――パーティーが終わって三日が経過した。

グスコはパーティー前に言っていた通り、他のハンターと共に町を出発。ケインもビスタの移送準備が整ったので、王都へ向かった。

一方、ラウラリスはと言えば未だに町で足止めを食らっていた。

『亡国』拠点の制圧作戦における成功報酬は既に得ていたが、作戦の過程で討（う）ち取った竜の売却に関していささか滞（とどこお）っていたのだ。

竜種から得られる素材はどれも非常に有用性が高い。鱗（うろこ）一枚、内臓の一欠片（かけら）でさえ幅広い用途があり、無駄なところが皆無とされている。だが、その有用性に反し、竜種の個体数が少ない上、戦闘力の高さ故（ゆえ）に討伐は困難であり、市場に出回る品は少数だからだ。

需要に対する供給が圧倒的に不足しており、そのせいで高値で取引されることが多い。

ラウラリスの討（う）った竜は、現在確認されている竜の分類（カテゴリー）の中ではさほど強い部類ではない。人間の手で調教される程度なのだから当然だ。だが竜は竜であり、売却にはそれなりの手間がかかる。

そのために、ラウラリスは町で足止めを食らっているわけである。

もっとも、町のギルドで手配されている犯罪者を捕縛したり、観光旅行のように食べ歩きをしたりしていたので暇を持て余すようなことはあまりなかった。

　さて、話を戻すと、パーティーが終わってから三日後、ようやくギルドから呼び出しがあったのだ。討った竜の売却先の目処が立ったという。

　ついては、扱いを任された商人が一度、顔を合わせたいと言ってきたらしい。建前としては、売却に関する諸々の手続きや売却額の摺り合わせ。そんなもの、書類でギルド経由で手を回せば良いものを、と思いつつもそこに何らかの意図が含まれているのは明白だ。

「最近、人に呼び出されてばっかりだねぇ」

　若干辟易しつつもラウラリスは素直に応じ、ギルドの受付に挨拶してから、商人が待つという応接間に向かう。

　事前の情報によれば、相手はかなりの老舗商会であるらしい。ギルドとの関係も深く、おそらく竜の売却先としてこの商会が出張ってくるだろうとグスコも酒の席で話していた。

　部屋の前まで来ると、ラウラリスは扉をノックする。

　少しの間を置き「どうぞ」という声が返ってきた。

　この時点で、ラウラリスの眉間に皺が寄る。一瞬の迷いを経て、諦めたように小さく息を吐くと扉を開いた。

　中に入るなり、待っていた人物の顔を見てラウラリスはさらに渋い顔になる。可能であれば、今すぐ部屋を出て扉を閉めたいくらいの心境である。

「お待ちしていましたよ、ラウラリスさん。……会って二度目の女性にそこまで渋い顔をされるのは初めての経験ですね」

「貴重な体験ができてよかったじゃないか」

応接間で待ち受けていたのは、パーティー会場で遭遇したあの優男であった。

面倒な相手であろうが、今はビジネスの時間だ。

ラウラリスは来た道を回れ右することなく、大人しく応接間のソファーに腰を下ろす。

「自己紹介が遅れました。僕はヘクト・レヴン。レヴン商会から、今回の商談を任されました。以後、お見知りおきを」

テーブル越しにソファーの対面に座る青年——ヘクトは礼儀正しく挨拶をする。一方でラウラリスは冷たい目のままスーツ姿の青年を見据える。

レヴン商会——商売人の中で知らぬ者はいないとされるほどの老舗商会だ。

支部は国内各所に存在しており、この町にもある。扱う商品は多岐にわたるが、特に危険種の素材については国内トップクラスとされていた。

財力は並の貴族を凌駕し、有力貴族にすら口利きができるほどとか。

そんな大商会から派遣されてきた青年の名前が『レヴン』と来た。先日のパーティーの件もあり、胡散臭さを感じるのは当然であろう。

ラウラリスの冷えた視線を浴びせられ、ヘクトは頬を掻きながら苦笑した。

「コレはまた、随分と警戒されているようですね」

「警戒されるようなことをしたんだから仕方がないだろ」

「ごもっとも。とはいえ、コレでも商会の看板を背負っていますので。商談自体は真面目にさせていただきます」

コホンと咳払いをすると、ヘクトは手に持っていた書類数枚を、ラウラリスに向けてテーブルに置いた。

「早速ですが、こちらをご覧ください。今回、アナタが討伐した竜の買い取り価格に関する詳細を記したものです」

書類を手に取ったラウラリスは、記された内容に目を通していく。

「ラウラリスさんが討伐した竜は、外傷が少なく非常に状態が良好でした。その辺りを加味し、少しばかり色を付けました。不備や不満があればこの場で都度、お話をさせていただきます」

「なるほどね……うん、問題ないね」

一通り目を通したラウラリスは書類をテーブルの上に置くと頷いた。

「この額で結構だ」

「随分と早いですね。この額の取引ですと、もう少し慎重になられるのが普通なのですが」

「なんだ、私を嵌めようってつもりなのかい？」

クッと口の端を吊り上げたラウラリスに、ヘクトは僅かばかり息を呑んでからクックッと笑う。

「口が過ぎましたね。かの剣姫を敵に回すような愚を犯すつもりは、僕にはありませんので」

ヘクトは満足げに頷く。

「了解しました。でしたら、こちらの契約書にサインを」

予めテーブルの上に用意されていたインクとペン、それと契約書を確認すると、ラウラリスは己の名前でサインを記した。

返された契約書に書かれたサインをじっくりと時間をかけて確認し、ヘクトは笑みを浮かべて深く頷いた。

「……それでは、こちらの値段で買い取らせていただきます」

受け取った書類を傍らに置いていた鞄の中に丁寧な手付きで仕舞うと、ヘクトは改めてラウラリスの方へと顔を向ける。

「大変有意義な商談をさせていただきました。ありがとうございます」

ラウラリスへ頭を下げてから、ヘクトはニィッと笑う。

「さて、ビジネスの時間はここまで。ここからは、プライベートの時間といきましょうか」

それまで緊張感すら孕んでいた空気が和らぎ、ヘクトはパーティー会場で会った時のような優男の顔になる。変わり身の早さにラウラリスは呆れと感心が交ざった息を漏らす。

「切り替えが早いねぇあんた」

「金が絡む件には私情を挟むなと、叩き込まれましたから」

かっちりと着こなしていたスーツの首元を緩めるヘクト。ただそれだけで、商売人から遊び人の風体に早変わりだ。

「ああ、名前の時点でお気づきかもしれませんが、レヴン商会は僕の実家です。叔父が商会長を務めていて、その伝手で稼業を手伝っています」

「つまりは良いところのお坊ちゃんってことか」

「歯に衣を着せぬ言動、痺れますね。実際にその通りなのですが」

何故か満足げなヘクトに、ラウラリスは思わず片方の眉を吊り上げてしまう。

当人は己をお坊ちゃんであると認めつつも、先ほどまで見せていた商売人としての姿は様になっていた。単なる遊び人ではないのだろう。

「ちなみに普段はハンターをしてまして。僕としては今はこっちが本業なんですが、普段は好き勝手させてもらってる代わりに、こうやって稼業を手伝わされるんですよ」

「お手伝い……とねぇ」

片手間でこなすにしては、今回の商談で動いた額は結構なものだ。その扱いを一任されているということは、相応に能力が評価されているのだろう。

「剣姫のお噂はかねがね。半年ほど前に名が出始めてからかなりのご活躍をされているようで。銀級相当の危険種の単独討伐。『亡国を憂える者』の幹部の撃破。先日も、献聖教会で起こった後継問題の解決に大きく貢献したとか」

「……よく知ってるじゃないか」

前の二件を含め、ラウラリスが献聖教会のゴタゴタに巻き込まれたことは、グスコを始めハンターの間でも噂にはなっている。だが、ヘクトの口振りからすると、献聖教会の件に関しては世間には知られていない深い部分も知っているようだ。

あの件の真相は、一部の関係者を除けば知る者はほとんど存在しない。その情報すらも得ているというのであれば、この男はますます油断ならない相手だ。

「ああ、コレに関しては喧伝するつもりはないのでご安心を。下手をすると献聖教会と揉めることになるので」

ラウラリスの目が鋭さを宿し始めるのを見て、ヘクトはやんわりと言った。

「あそこは大手の取引先でして、失うのは商会としても痛手。それに財務の派閥の長であるビジネさんとは何度か直接取引をさせてもらってますが、相当のやり手だ。あの人を敵には回したくない」

「そいつを聞けて安心だ。この場であんたが記憶を失うまで殴らないで済む」

「またまた、ご冗談を…………冗談ですよね？」

「冗談で済むかはあんた次第だ」

ははははは……とヘクトは乾いた笑い声を漏らした。

口元に握り拳を当てて小さく咳払いをするヘクト。

「とまぁ、こんな具合で個人的にアナタには興味を抱いていまして。そこで今回の商談だ。実家から指示を受けた際には渡りに船と思いました」

ヘクトがラウラリスに以前から関心があったことはわかった。それが好奇心故なのか、打算的なものがあるのかは現時点では不明だ。

前者にせよ後者にせよ、面倒という点では変わらない。

「あぁそうだ。言い忘れてましたが、ケインにアナタをパーティーに招待するように頼んだのは僕です」

「……薄々そうじゃないかとは思ってたが、案外すんなりと認めるんだねぇ」

パーティーの主催者であった貴族は、良くも悪くも普通の貴族だった。特別に優秀でもなければ、かと言って愚図でもない。常識を備えた、どこにでもいるような貴族。

そんな貴族が、はたして国家の秘密組織に所属する人物に無理を通せるだろうか。貴族に恩を売るにしても、ラウラリスに借りを作るリスクを考えれば首を縦に振るとは考えにくい。

故に、領主以外の誰かしらが介入していたと踏んでいたのだが、こうもあっさりと白状されるとは思っていなかった。

「この程度でしたら、隠していたところですぐにバレてしまいそうですし。だったら、自分から言ってしまった方がまだ心証は良くなるでしょう？」

「ぶっちゃけたね、この男……。私としちゃぁ、あんたがケインとどういう関係なのかが気になるよ」

「そうですね……気の置けない友人といったところでしょうか」

「ケインにそのまま伝えたら、すこぶる渋い顔になりそうだ」

「ははは、目に浮かびます」

気の置けない友人——の一言で片付けられる間柄でないのは明白だ。一介の友人相手に、ケインが性格に似合わぬ無理を通すとは考えにくい。

ただ、それを率直に聞いたところで、現時点では今のように笑って流されるだけだろう。

もちろん気にはなるが、今は放置しておく方が話が早く進む。

「で、どうしてパーティーに私を招待したんだ。どうせ商談でこうして顔を合わせることになるんだから、わざわざケインまで使う必要もなかっただろうに」

「それはもちろん、ドレス姿のラウラリスさんを拝みたくて」

「は？」

思わずぽかんと口を開いてしまうラウラリス。

「せっかくの出会い(ファーストコンタクト)は、美しく着飾った剣姫(けんき)の姿であってほしかったので。あ、領主さんに頼んで仕立屋を手配したのは僕です。凄かったでしょう彼女たち。うちの商会と提携(ていけい)してる店なんですよ」

いよいよラウラリスは額に手を当て、天井を仰ぐ。

いくらラウラリスが主賓(しゅひん)のような立場だったとはいえ、あのもてなしは少しばかり度が過ぎていた。領主ではなく、ヘクトが用意していたと考えれば納得はできるのだが。

「性格にちょっと難のある子が多いんですが、それを加味しても受けた仕事は期待以上の成果で応(こた)えてくれると評判なんですよ」

「確かに仕事の出来映えは良かったが、いくら金かかってんのさ。最初に出てきたドレス、どれもコレも最上級の代物(しろもの)だったんだけど……」

ついでに、既存のドレスを僅か数日でラウラリスの体形に合う形に仕上げ直す技量だ。腕としては一流であり、費用も相当なものになる。

「もちろん、僕が自由にできる金で支払っているので問題はありません。それに、支払った以上の価値はありました。思っていた通り、着飾ったアナタは僕がコレまで出会ってきたどんな女性よりも美しかった」

目を瞑(つぶ)ったヘクトはきっと、パーティーの記憶に思いを馳せているのだろう。にまにまと悦(えつ)に入っている彼とは対照的に、ラウラリスはどん引きしていた。

人を見る目には自信のあるラウラリスだが、ヘクトの全容を推(お)し量(はか)るには会ってから時間が短すぎるし情報も足りていない。しかし一つだけ確信があった。

(己の興味や欲を満たすためなら、持てる力(リソース)を存分に注ぎ込むタイプだね、この男)

地位や名誉にはさほど興味はなく、金儲けや得た権力をあくまでも目的を達成するための手段と断じることができる人間だ。

(厄介(やっかい)な人間に目を付けられちまったかな、こいつは)

味方であればまだ良いが、敵に回すと非常に面倒な人間というのが、ラウラリスのヘクトに対する現段階の評価だった。それが有能であれば尚更である。

「……話を聞いた限りじゃぁ、あんたの要望は十分に満たせただろうさ。肝心の商談も成立したことだし、私はこの辺りでお暇(いとま)させてもらう。報酬の方は、このギルドを経由して受付から受け取るって形で頼むよ」

「まぁまぁ、そう焦らずに。実はアナタの耳にお入れしたい情報がありまして。先日のパーティーで素晴らしいものを見させてもらった礼ということで」

相変わらずの優男面。けれども、奥に深みを感じる笑み。

立ち上がりかけていたラウラリスだったが、再び腰を下ろした。

腕を組み、顎をクイッと上げてヘクトに続きを促す。

「ラウラリスさんは『亡国を憂える者』に対して個人的に思うところがあると存じています」

「ったく、誰から聞いたんだか。確かに、機会があれば『亡国』の馬鹿どもを潰したいとは考えてるよ。それで、私の耳に入れておきたい情報ってなんなのさ。この前とっ捕まえて、ケインが移送してる奴らが絡んでるんだろう？」

このタイミングで『亡国を憂える者』の話題が出てくれば当然だ。

「話が早くて助かります。実はそのビスタが行っていた研究に関して。いえ、研究そのものはまぁ関係ないのですが、本題は別にありまして――」

――そこから始まったヘクトの話は、確かにラウラリスが求めるような内容であった。

第四話　ババァの黒歴史再び

『亡国』の拠点であった砦には、幾人かのハンターが警備として配置されていた。

あと数日もすれば国から騎士や兵士が派遣され、本格的な調査が開始される。それまでの繋ぎとして、臨時に雇われた者たちであった。多数は銅級であるが、幾人かは銀級も交じっており、交代制で常に砦の門や内部に配置されている。

運悪く深夜の時間帯に割り振られた二人の銅級ハンターは、迫り来る退屈や眠気を誤魔化そうと、門の両脇に構えて言葉を交わしていた。

「聞いた話じゃ噂の剣姫が竜を一人で倒したってさ。本当かどうかは知らんがね」

「俺も聞いた。腕利きっつても、さすがに眉唾だ。それこそ金級並じゃないとなぁ」

「金級か。銅がせいぜいの俺たちにとっちゃぁ雲の上だよなぁ。顔も拝んだことねぇけど」

時折、欠伸を噛み殺しながらも、周囲への警戒を怠らないのはさすがハンターと言えよう。

だが、切り立った崖から跳躍する人影を捉えるには至らなかった。それはハンターの頭上を高らかに飛び越えると、彼らの背後に音もなく着地。そのまま砦の中へと侵入していった。

「まさか、もう一度この衣装に袖を通すことになるとはねぇ」

若干の陰鬱さを含むぼやきを漏らしたのは、もちろんラウラリスである。

纏っているのはいつもの旅人衣装ではない。闇に紛(まぎ)れる黒を基調としていながらも、どことなくキュートでコケティッシュ。機能性を損なわずに優美さを追求した軍服といった風貌。妙に凝(こ)ったデザインであり、極上のスタイルを持つラウラリスによく似合っていた。

それもそのはず、コレは前世のラウラリスが若かりし頃、義賊として活動していた時に着ていた彼女手製の衣装。正確にはそのレプリカだ。

ある機会に流れで入手したのだが、ハッキリ言ってこの義賊衣装はラウラリスの若気の至りが迸(ほとばし)った黒歴史の産物。

一時は破棄を考えもしたが、それなりに値が張ったものであったこと、そして、職人芸の賜物(たまもの)か、隠密活動をする上では掛け値なしに優秀な衣装であることが思い留まった理由だ。

今の今まで荷袋の奥底に押し込まれていたものの、こうして砦(とりで)へ潜入するにあたって再び起用されたのである。

「あー駄目駄目。いい加減に真面目にやらんと。グダグダしてたら朝になっちまう」

今も込み上げるむず痒(かゆ)さを振り切り、ラウラリスは気持ちを切り替える。

この砦(とりで)はギルドによって封鎖されており、彼女の行っていることは不法侵入だ。潜入がバレれば間違いなくお咎(とが)めを受けるだろう。

――何故ラウラリスがこの場にいるかと言えば、およそ半日ほど前。ヘクトとの話し合いまで時間は遡(さかのぼ)る。

「あの砦を仕切っていた『亡国』の幹部、ビスタの研究は危険種を制御し手駒にすること。ですがラウラリスさんもご存じの通り、時間や資金などのコスト面からすれば大赤字もいいところ。労力に見合わない成果しか出ていなかった」

しかし、コスト面にさえ目を瞑れば、危険種を手懐けるという点に関して多少の成果は間違いなく出ていたのだ。

「まぁ、芸を仕込んだり、兵力じゃぁなくて純粋な労働力として活用したりできりゃぁ、また話は違ったかもしれないがね」

「とはいえ、今回の本題はそこではありません」

確かにビスタは竜の制御に成功はしていたのだろう。だが、あの砦に残されていた調教済みの危険種に、竜以上の強さを持つ個体は存在していなかったのだ。おそらく、全ての危険種を投入したところで、竜一頭には及ばないであろう。

「ここで疑問が残ります。果たしてビスタはどうやってあの竜を手に入れたのか。しかも生きたままで」

「……シンプルに考えりゃぁ、腕の立つ『亡国』の誰かしらがってことになるんだろうが――」

口にしながらもラウラリスは違和感を覚えていた。

『亡国を憂える者』とは幾度もやり合っており、幹部とも顔を合わせたことがある。だが、同じ存在を信奉しているのは間違いないが、横の繋がりはどことなく希薄に感じられていた。

仲間意識はそれなりにあろうとも、仲間のために身を削るような奴らには思えなかった。

とすれば、だ。

「組織内部での互助もあり得ますが、それ以上に外部の協力があったと考えるのが妥当かと」

「そうなるか。……けど、だったら」

「その様子ですと、ケインからは何も聞かされていないのでは？」

「残念ながら、ね」

そもそも、ケインもあの砦に調教を施された竜がいたのは予想外だったのだ。故に、ヘクトが述べた仮説がケインの口から出てこなかったのも不思議ではない。

「ケインは非常に優秀な男だ。ビスタが竜を保有している事実は知らなくとも、ビスタと繋がっている組織に関して、何も知らなかったとは考えにくい」

「………何が言いたい？」

「いえ、あくまでも想像ですよ。もしかしたら、ケインにとって——あるいはケインたちにとって都合の悪いことがあったのかもしれないと、ね」

言外に何を示しているのかは瞭然。けれども核心に絶対に触れない持って回った言い回し。裏取引の常套手段のようなやり口だ。

「あんた、ケインとは気の置けない仲じゃなかったのかい」

「気の置けない仲が、隠し事がない仲であるとは限りませんよ」

そう言って、ヘクトは肩を竦めたのだった。

ヘクトからもたらされた情報。

ハッキリ言って、胡散臭い。裏があるのはまず確実。

第一、ヘクトにも気になる点が多々ある。そんな人間からもたらされた情報の信憑性はいかほどか。

だとしても、ラウラリスは直接確かめる価値はあると判断した。だからこそ、彼女は若気の至りから生じた黒歴史の象徴たる衣装を纏い、ビスタが拠点にしていた砦に不法侵入しているのだ。

町を出発する前にケインから話は聞いている。ビスタの移送と入れ替わる形で、砦を改めて調査する人員が派遣されるらしい。

もし仮に、ケインが本当に何かしらの情報を秘匿していたとすれば、到着した調査員がそれらを隠蔽してしまう恐れがある。

おそらくヘクトは、ケインが属している『獣殺しの刃』に関しても知り得ている。このタイミングでラウラリスに話を持ちかけたのも、秘密裏に調べるならもう時間がないと知っていたからだ。

「なんにせよ、動かなきゃ始まらんのは世の常ってね」

ラウラリスは巡回するハンターたちの目を盗み、砦内の部屋を調べていく。

大概は物置であったり寝室だ。砦の間取りは前に攻めた時に大凡は覚えているが、具体的にどこに何があるかまでは把握していない。コレばかりは虱潰しに当たっていくしかなかった。

そうしてしばらく砦内を探索していたラウラリスだったが、ようやくそれらしき部屋を発見した。

本や書類が乱雑に積み上がっており、明らかに他の部屋と雰囲気が異なっている。

「さて、何があるのかなっと」

ラウラリスは胸元のポケットから、中央に球体の石がはめ込まれたアクセサリーのようなものを取り出す。彼女がそれを少し弄ると、球体から光が漏れ出した。

光を溜め込む能力を持った呪具だ。蝋燭などの火を扱う明かりは、匂いがその場に残り察知される恐れがあるため、こうしたものを予め用意していたのだ。

呪具の光は手元を照らす程度であり、効果は一時間にも満たない。だが、暗がりの中で調べ物をするには十分に役に立つ。

明かりを頼りに、早速ラウラリスは調査を開始する。

「こうしてると若い頃を思い出すよ……いや、若返ってるんだけどねぇ今も」

手近にあった書物のページをめくりながら、ラウラリスはかつてを思い出す。

義賊として帝国の夜を騒がせていた頃も、夜な夜な貴族の屋敷へ忍び込み、裏帳簿やら密輸取引の書類などを調べていたものだ。

こうした良からぬ証拠を山ほど見てきた経験により、不正経理などを見抜く目が養われたのである。後年、皇帝となってからもこの鑑定眼は大いに役に立ったものだ。

「――にしても、テロリストにしちゃぁ真面目に研究してるな。犯罪者が真面目ってのも変な話だけど」

やはり、この部屋はビスタの研究成果が収められた資料室だったようだ。書類に記されているのは危険種の生態や、調教に対する反応。薬物投与による経過記録などなどだ。

「他の幹部らもやってることはアレだったが、真面目に生きてりゃ一角（ひとかど）のもんになってたかもねぇ」

呪具を用（もち）いて死人を生き返らせようとした者。薬物を使って超人的な兵を作ろうとした者。そして、危険種を調教して兵力を生み出そうとした者。

どれもが本末転倒であり、先行きのない研究ばかりだ。どうしてその道を選んだのか、正気を疑いたくなる。ラウラリスはコレまでそれらを真っ向から否定してきたが、それでも認めざるを得ない点が一つだけある。

間違いでありながらも、それらの研究を一応の実用段階にまでこぎ着けた執念（しゅうねん）だ。

「どうしてこんな研究ばっかりするかねぇ。もうちょっとマシなもんにその情熱を傾けりゃぁよかったのに」

結局は正道に情熱を注げなかったから邪道に走っているわけで。頭ごなしに言ったところで意味がないことはラウラリスも承知しているが、それでも言いたくなってしまうものだ。

これまで関わった『亡国』の幹部が手を出していた研究は、どれもがかつて帝国が行っていたもの。あまりに非人道かつ非効率であったために、ラウラリスが皇帝となって以降は理由をでっち上げて軒並み潰したはず。

「っと、ついつい読み込んじまった。他を当たらんと」

ラウラリスの本来の目的は、ビスタが生きた竜を得た経路。それに繋がる記録ではあるが、意外や意外。ビスタの残した資料はラウラリスの興味を引くに十分だった。その研究成果は、かつての帝国で進められていた研究にも及ぶものだったからだ。

「せっかく、文字通り第二の人生だってのに、なんでこうも毎回――――ん？」

手にしていた書類を放り出そうとしたラウラリスだったが、その手がふと止まる。己が口にしかけた言葉に引っかかりを覚えたのだ。

だがソレを改めて思い起こす前に、ラウラリスははっとなり扉に目を向ける。

「ちっ、面倒だね」

部屋の中を見回すと、ラウラリスは高く積もった書類の陰に身を隠し呪具の明かりを消した。

――少しして、部屋の扉が音もなく開け放たれた。

最初は巡回中のハンターが来たのかと思い隠れたラウラリスであったが、物陰から覗いた予期せぬ来訪者の姿にそれが間違いだったと知る。

入ってきたのは男二人。どちらも外套を羽織っており顔も布で隠しているが、僅かに見える眼光は鋭い。

砦の警備を請け負っているのは、銅級がほとんどで銀級が幾人か。だが、忍び込む傍らで見てきたそれらとは明らかに纏っている雰囲気が異なる。

二人は部屋の中を見回し、小声で言葉を交わす。残念ながら聞き取ることは叶わなかったが、警備のために立ち寄ったという体でないのは確かだろう。

ラウラリスと同じ目的……あるいはその真逆か。いよいよきな臭い流れになってきた。

それにしても――

(よりにもよって私が忍び込んだタイミングで来ちまうかねぇ。最近なんだかこの手の展開が増えてきた気がするよ)

己のタイミングの悪さ――あるいは良いのか。いい加減にこの若返った躰が呪われているのではと疑いたくなる。

――そのほんの僅かな気の緩みが仇となった。

来訪者の一人が急にはっとなり、ラウラリスが隠れている物陰に鋭い視線を向けたのだ。

「やっば――とぉっ!?」

しまったと己のミスを悔やむ暇もなく、ラウラリスは物陰から飛び退く。その一瞬の後に、彼女が隠れていた場所が何かに薙ぎ払われた。

書類や書物を巻き込みながらゴロゴロと転がり、素早く体勢を立て直すラウラリス。急ぎ視界に二人の姿を捉えると。

「おい馬鹿！　いきなりぶちかます奴があるか!?」

「悪い。誰かがいると思ったらつい」

憤る男が相方に向けて怒鳴る。

しゅんと肩を落としている相方の手には、三本の棒が鎖で連結されているような武器が握られていた。この国ではあまり馴染みはないだろうが『三節棍』と呼ばれる代物だ。ラウラリスの存在に気がつき、襲ったのはアレだろう。折りたためば外套の中に隠れるくらいの大きさだ。

叱った方の男は外套越しに頭を掻き、溜息をついてからラウラリスを見据える。仕草は面倒臭そうながらも、その目は油断なくラウラリスを捉えている。

「先客がいるのは予想外だな。ていうかどんなタイミングだよ」

表面上は軽い調子ではあったが、その目はラウラリスの一挙動を見逃さんと隙がない。鎖付きの棍を持っている男も僅かに重心を動かし、いつでも得物を振るえるように構えている。

(マズいね、このレベルの相手が二人もか)

本業でない上に気の緩みもあっただろう。だがそれでもラウラリスの隠密を看破した勘の良さは驚嘆に値する。どちらも一見しただけでただ者ではないとわかった。

「で、おたくはどこのどなた？　いや、この場合は目的を聞いた方がいいかな？」

「叩き伏せてから吐かせた方が早いだろ」

「そりゃぁそうだろうけど。一応は聞いとかなきゃならねぇのよ、こういうのは」

今にも襲いかかってきそうな三節棍の男を、もう一人が窘める。かと言ってすんなりと見逃してくれる様子はない。残念ながらこの部屋に窓の類いはなく、出入り口は二人の背後だけだ。

無理に通り抜けようとすれば、あの三節棍が瞬時に襲ってくるに違いない。隠密重視で武器の類いをほとんど持ってきていなかったのが仇となった。一応は小型の短剣を懐に忍ばせてあるが、それだけであの三節棍を凌ぐ自信はラウラリスにもない。

「って、よく見たら女じゃねぇか。マジか、ちょっとやる気が削がれるじゃねぇの」

「女だからと言って油断するなよ」

「わぁってるよ。お前の一撃を初見で避けたんだ。そこらの銅級や銀級とは格が違ぇ」

ラウラリスが二人の力量を推し量っていたように、この二人もラウラリスの強さを感じ取っていたようだ。

（格好からして、こいつらも忍び込んできた口なんだろうけど……）

双方共に、騒ぎを起こしたくないのは明白。もし戦闘にでもなれば、激しい物音を聞きつけ誰かが駆けつけてこないとも限らない。かと言って、このまま睨み合ったままでもいずれは誰かが通りかかるだろう。

そんな膠着状態が続く中、どこからか怒声と慌ただしい足音が響いてきた。もしかしたら、ラウラリスの侵入に誰かが気がついたのか。あるいは別の場所で何か問題が発生したのか。

騒ぎの理由はこの際どうでもいい。

肝心なのは、二人の気がほんの刹那でも逸れたことだ。

「――――ッ！」

ラウラリスは斜め上に向けて跳躍。位置的には三節棍を持っている男の真上の天井に着地。三節棍の男がラウラリスの動きに気がつき上を見た時には、既に彼女は両足のバネを使って勢いよく落下。躰ごと縦に半回転し、落下と回転の勢いを乗せた踵落としを叩き込んだ。

「ぬぉおっ⁉」

男もさすがと言うべきか。ラウラリスが目の前から消えたような錯覚に陥っていただろうに、見事にラウラリスの踵を棍で防いでいた。

しかしながら、ラウラリスの踵落としはまさしく鉄槌を振り下ろされたに等しい圧が秘められていた。咄嗟であったこともあり、耐えきれずにがくりと膝が折れる。

ラウラリスは受け止められた勢いを殺さず、踵を支点にクルリともう一度回転し男の背後に着地する。

「逃がすかッ！」

相方の男が着地際のラウラリスへ肉薄し拳を振るう。その動きようは堂に入ったもの。まともに食らえばラウラリスとて痛手になるだろう。

まともに入ればの話であるが。

ラウラリスは迫り来る拳を目にすることなく、体勢を低くすることでコレを回避。さらに、頭上を過ぎる男の腕に自身の両腕を絡みつかせる。

「せいやぁっ！」

「嘘――おわぁぁっっ⁉」

突き出される拳の勢いを己の力に巻き込み、男の躰を一気に背負って投げる。呆けた声の後に男は悲鳴を上げ、そのまま三節棍の相方に向けて叩き付けられた。

――ドガッシャァアン‼

男二人は室内にある書物やら椅子やらを盛大に巻き込んで吹き飛ぶ。
激しい物音を立てる結果となったが、贅沢（ぜいたく）は言っていられない。最優先事項を無事の逃走に限定したラウラリスは、埋もれた二人を尻目に部屋を飛び出した。

幸いにも、ラウラリスは誰とも遭遇せずに屋外に出られた。外に出てみると、砦（とりで）全体が騒がしくなっていることがわかった。あちらこちらから騒ぎの声が届く。おかげで資料室でやり合った物音も紛（まぎ）れたようだ。

「――なんだ？」

今は夜天の星が輝く頃であるはずが、砦（とりで）の一部に妙に明るいところがある。地上からでは見えにくく、ラウラリスは外壁を伝って視界を確保できる高い位置に辿り着く。
高台から砦（とりで）を見渡すと、暗がりの中でもハッキリとわかる赤々とした明かりが立ち上がっていた。

「景気よく燃えてるねぇ、ありゃぁ」

砦（とりで）の一部から火の手が上がっている。見た限り、延焼する可能性は低いだろうが、なかなかに勢いよく燃えさかっている。

「楽観的に考えりゃぁ火の不始末なんだろうが、あるいは――」

少しでも情報を得ようと付近まで向かうかと一瞬考えたが、すぐに思い留まった。
砦（とりで）内を巡回していたハンターたちが徐々に集まってきている。多少の心得はあるものの、隠形はラウラリスの専門ではない。付近にいる人の数が増えればそれだけ見つかるリスクが増える。

いくら顔を隠していようとも、砦内に不法侵入者がいたという事実が露見するだけでも今後に何かしらの支障が出る可能性がある。何がどう繋がって、ラウラリスの元に辿り着くかもしれないのだ。

さらに言えば、ラウラリスが先ほど遭遇した二人組。不意を打つことでどうにか突破できたが、今の手持ちでもう一度アレらとかち合うのは避けたい。

「結局、成果はこれだけか」

ラウラリスが手にしているのは、資料室で最後に手に取っていた書物。ビスタが危険種の調教の経過を記録したものだ。

小さく溜息を漏らすラウラリスであったが、彼女が立つ高台の付近にもハンターが増えてきた。口惜しさを噛みしめつつも、ラウラリスはその場を後にし、人知れず砦を脱出したのだった。

第五話　お尋ねババァ

基本的にラウラリスは寝付きが良く、寝起きもすこぶる良い。皇帝という激務を遂行するためには体力の回復は必須。また、何かしらの問題が発生した場合、連日の徹夜など当たり前だ。故に寝られる時にしっかり寝るのは非常に大事。どれほど短い時間であろうとも確実な睡眠がとれるように習慣づけているのだ。

そんな彼女であったが、今世においてはそんな急いた日常とは無縁である。日が昇れば自然と目が覚めるけれど、眠気が残っていれば二度寝を決め込むことだってある。夜更かしが過ぎて昼頃に目を覚ます時もよくある。

「…………むぅ」

——ラウラリスが砦に忍び込んでから二日後のこと。

ベッドから起き上がり窓の外を見たところ、未だ薄暗い。日がもう少しで昇ろうかという時間。かなり早い目覚めである。普段ならこのまま二度寝を決め込むところではあるが。

「……久々だねぇ、この感覚」

早すぎる起床に嫌な予感を覚えたラウラリスは、欠伸を噛み殺しながらベッドから出る。彼女のこの手の予感は的中率がすこぶる良い。

手早く普段の旅装束に着替え、必要な荷物を纏めていく。ついでに怪盗衣装は畳んで念入りに荷袋の奥に押し込む。

長剣を背負い、最後に部屋に据え置きの机の上に「宿代」と書かれた一枚の紙を置き、貨幣の詰まった布袋を重しにして残すと、部屋の扉からではなく窓から軽い身のこなしで屋上に上った。

——そのまましばらく待っていると、宿の入り口に人集り（ひとだかり）ができ始める。

こんな早い時間に新しい客が来るとも考えにくく、屋根の縁（ふち）からそっと顔を覗かせる。

「武器持ちが十人ってところか」

よくよく見てみれば、先日の仕事で一緒になったハンターも交ざっているではないか。

集まったうちの幾人かが宿の中に入る。ここからでは見えないが一階が何やら騒がしくなり、階段を上る荒々しい足音が続いた。

そしてその音はそのままラウラリスが泊まっていた部屋に辿り着き、破砕音が響く。どうやら扉を蹴破ったようだ。

『いたか⁉』

『いないな……もぬけのからだ。ご丁寧に荷物もしっかり持ってな』

『ちっ、逃げられたか』

室内の会話を天井を隔（へだ）てた屋根の上で聞いたラウラリスは、己の勘が正しかったと確信する。どうやら部屋に入ってきた者たちも、そして今も宿屋の前にいる者たちも揃ってラウラリスのことを捜しているらしい。

まだ人の出入りも少ない早朝ではあるが、こうも堂々と動いているのだ。阿漕(あこぎ)ではなくそれなりに身元がハッキリしている連中。おそらくはハンターであろうか。

心当たりはなきにしもあらずだが——と思っていたところで不意に強風が巻き起こった。

腕で顔を庇い目を細めると、どこからか紙が飛んできた。

反射的に手で掴み取ったそれは、ラウラリスにとっては馴染みのある、掲示板によく貼られている犯罪者の手配書であった。

だが、何気なく内容をあらためると途端にラウラリスの表情が険を帯びた。

「…………おいおい、これはいったいぜんたいどういった冗談だい」

何故なら、手配書に描かれている人相書きは、紛(まぎ)れもなく『剣姫(けんき)ラウラリス』の顔であったのだ。


町の中でも一番の値が張る宿の一室で、ヘクトは手にした紙を見て苦笑していた。ギルドから発効されている手配書であり、描かれているのはラウラリスの人相だ。

「まったく、相変わらず手を回すのが早い」

かけられた懸賞金は、銀級(シルバー)捕縛推奨の犯罪者にかけられるものとほぼ同額。つまりは『亡国を憂える者』の幹部のそれと同等。

——ドガンッッ!!

外側から蝶番(ちょうつがい)を破壊された扉が、室内に転がり込む。豪快すぎる開け放ち方をしたのは、脚を振り上げた格好のラウラリスだ。

浮かんでいる表情は能面そのもので、穏やかとさえ感じられるほど。ラウラリスは無言で部屋の中に足を踏み入れると、ヘクトの元に向かう。

「これはラウラリスさん。そろそろいらっしゃる頃だと――ッ」

ヘクトの柔らかい口調が止まる。その喉元に、刹那(せつな)で抜かれた長剣の切っ先が突きつけられたからだ。咄嗟(とっさ)に両手を上げて降参のポーズを取る。

「下らない前置きはなしだ」

コレまでのらりくらりと余裕を保ち続けていたヘクトも、今回ばかりは目尻と口元を緊張に引きつらせていた。

相変わらずラウラリスの放つ気配は静かであったが、内面に渦(うず)巻く怒気を意志の力で抑えつけていることくらい、ヘクトも理解できていた。

「私が来た理由はわかっているのだろう？」

ラウラリスが目を向けるのは、ヘクトの手からこぼれ落ちた手配書。己の人相が描かれているそれを睨む。

「どうしてこの短期間で私の手配書が出回っているのだろうなぁ」

罪状は、ギルドが管理している施設への不法侵入及び放火。最重要資料の窃盗(せっとう)あるいは破壊。

確かに、いくつかはラウラリスに心当たりがあるものだが、身に覚えのない罪状まで追加されている。さらに言えば、ラウラリスが砦(とりで)に侵入したのは一昨日(おととい)。これだけの短期間にラウラリスの手配書が出回るのは明らかにおかしい。

砦に侵入した人物がラウラリスであると確信しての手回し。それを確実に知り得ている人物はヘクトに他ならない。

「いやはや、僕としてもつい先ほど情報が届いたばかりでして」

「前置きはなしだと言った」

スッと目を細めたラウラリス。長剣の切っ先がほんの僅かにヘクトの喉元に触れた。薄皮一枚が小さく裂け、赤い雫がじわりと滲み出る。

「お怒りはごもっとも。ただ、まず必要なのは情報の摺り合わせではありませんか？」

冷や汗をかきつつも、ヘクトはラウラリスをまっすぐに見据え、淀みなく言い放つ。

焦りはあっても、根っこの部分では冷静を保っているといったところか。

「…………………ちっ」

――少しして、ラウラリスはあからさまに舌打ちをすると長剣を鞘に戻した。

「ありがとうございます」

礼を述べるヘクトに、普段通りに戻ったラウラリスが半眼を向ける。

「お坊ちゃんの割には肝が据わりすぎてるだろ、あんた。やりにくいったらありゃしない」

ラウラリスの内面にある怒りは本物。しかし、ソレを理性で抑える術を身につけている。怒気を含んだ威圧で場を制そうとしたが、ヘクトにはいまいち通用しなかったようだ。

「言ったでしょう、本業はハンターだと。命のやり取りは多少なりとも経験があるので」

ヘクトはそう口にしながら喉の傷を指で拭った。

剣を収めはしたが、ラウラリスは険のある表情は緩めずヘクトを睨みつける。

「話し合う前に場所を変えませんか。この町に留まり続けるというのも都合が悪いでしょう」

彼は苦笑しながら、ラウラリスが蹴破った扉を見た。勢い任せの行動に、ラウラリスは気まずげに顔を逸らすのであった。

ヘクトと共に宿の裏手から外に出ると、馬車とその御者が待っていた。この状況で誰が手配したのかは考えるまでもない。あまりにも準備が良すぎだ。

ラウラリスは疑いの目をヘクトに向けるも、彼は馬車の扉を開いて慇懃な仕草でラウラリスの乗車を促した。

舌打ちを我慢しながら、ラウラリスは客室に乗り込む。それに続いてヘクトが乗り込み、御者席側の壁をノックすると、馬車はゆっくりと進み始めた。

客室の窓にはカーテンが垂れており、外から中をうかがうことはできない。逆に中からはカーテンをどかせば外を覗き見ることはできる。

「意外ですね。こうもすんなりと僕の提案を受け入れるとは。もう少し疑われるものだとばかり思っていましたが」

「別にあんたを全面的に信用してるわけじゃぁない。ただ、その気だったら私は今頃、町中のハンターに囲まれてるだろうしね」

ヘクトはラウラリスが自分の元を訪れることを予測していた。であるのなら、宿の別室にハンターを待機させ、頃合いを見て突入させれば良かったのだ。だが、ヘクトはそうしなかった。少なくとも、ラウラリスを今すぐどうこうしようというつもりはない証拠だ。

ただ、後々に改めて包囲網を敷くという可能性がないわけでもない。言った通り、ヘクトに対する疑いは全く晴れていない。だとしても――

「意図がどうあれ、事の真相に近付くにはあんたの誘いに乗ったほうが手っ取り早い」

安全策を講じて一人で闇雲に動いたところできっとどこかで手詰まりになる。ラウラリスの経験からして、今は多少のリスクを背負ってでも関係者(ヘクト)に接触するべきだと考えたのだ。

「しかしこの馬車、全然揺れないねぇ」

「商会が保有する、お得意様向けのものを用意しましたから。見た目こそ質素ですが、快適さはそこらの貴族が保有する馬車とは比べものにならないと自負があります」

二人を乗せた馬車はそのまま、誰にも見咎(とが)められることなく町の外にまで辿り着いた。ヘクトは一度窓にかかったカーテンを捲(めく)り外を確認する。

「町を出ましたか。ではそろそろ、そちらの話をお伺いしてもよろしいでしょうか？」

「さて、どう話したものやら」

ラウラリスは頭の中で順序を組み立てながら、砦(とりで)に忍び込んだ当夜の出来事を説明した。

――一通り聞き終えたヘクトは、考え込むように顎(あご)に手を当てた。

「謎の二人組に、ボヤ騒ぎ……ですか」

「お互いに突発的な遭遇だったたし、ボヤ騒ぎのおかげで注意が逸れた。だから不意を打って突破できたが、がっちり正面からやり合ったら、なかなかに面倒そうな奴らだったよ」

「剣姫と謳われているラウラリスさんがそこまで言うほどですか」

「あんまし剣姫の呼び名は好きじゃないんだがね」とラウラリスはぼやいた。中身はババァなのに『姫』と呼ばれるのは背中がむず痒くなる。

「少なくとも、正体がバレるようなヘマはしてないはずだ。女だってのは気がつかれたけど、それだけで『ラウラリス』と結び付けるような短絡的な奴らには見えなかった」

そもそも、あの二人もラウラリスと同じく、砦に不法侵入した口だろう。あの二人がラウラリスのことをギルドに密告したというのも考えにくい。事情聴取でもされれば、自分たちの犯行も露見する恐れがあるからだ。

「その二人組も非常に気になりますが……砦で出火騒ぎがあったと」

「遠目だから詳しくはわからなかったけど、部屋が丸ごと一つ焼け焦げるくらいの規模だったね。最初はハンターの火の不始末かと思ってたんだが……」

「おそらくは、ラウラリスさんが砦に忍び込むタイミングを見計らって、何者かが砦の一部に火を放ち、その犯行をラウラリスさんになすりつけた」

ヘクトが述べた推論は一見すれば筋が通っている。だが致命的な見落としがあった。

「つまり、私が夜に砦へ忍び込むって確固たる情報を持ってたわけだ、そいつは」

「そうなるわけ……ですね」

となればやはり、現時点で一番疑わしいのはヘクトということになる。これでは振り出しに戻ってしまう。

「っと、このままあんたを疑っていると、ここで話が終わっちまう。だから別の可能性もちょっと考えた」

「と言いますと？」

「あんたと話した内容は誰にも聞かれちゃいないだろうが、私と『ヘクト』が会うことを知るのはそう難しい話じゃない」

「……さすがですね」

その推測に、ヘクトは感心する。彼も同じ考えだったようだ。

ラウラリスとヘクトが密談していたのはギルドの一室。部屋自体は密室であり防音効果も高く、盗み聞きされる心配は少ない。第一、そんな不届き者がいればラウラリスが即座に気がつく。

だが、会話の内容を聞くことはできなくとも、竜の売却にあたりラウラリスがレヴン商会――ヘクトと接触したという事実は別に隠してはいない。ギルドの職員に袖の下(ワイロ)でも渡せば、簡単に手に入れられる情報だ。

その辺りから会話の内容を推測して、手配書を回したと考えればとりあえずの筋は通る。

「けど、私とあんたが接触したって事実だけで、私の諸々の行動を読んだ上で手配書を回すなんぞ、相当な博打(ばくち)だろうさ。あるいは――」

「僕がラウラリスさんに持ちかける話を、事前に知り得る人物がいた。……ラウラリスさんはそう仰(おっしゃ)りたいのでしょう？」

「心当たりがあるんだね」

「非常に残念ながら……」

ヘクトの顔には、微かな憂いが浮かび上がっていた。

しかし、それも少しの間だけだ。憂いの表情を打ち消しヘクトが口を開く。

「ラウラリスさんの話は概ね把握できました。ですが、事情を説明する前に、ラウラリスさんに会っていただきたい人がいます。まずはそれから、ということで」

「随分ともったいぶるじゃないか」

「申し訳ない。実のところ、僕もここまで早く事態が動き出すとは思っていなかったんです。どうにかこの馬車を手配するのが精一杯でして……。詳しい状況を知るためにも、僕もあの人に一度会っておきたいんです」

「この馬車が向かってる先に、その会わせたい奴がいるってわけだ」

ヘクトが当てもなく町を出たわけではないことは、最初からわかっていた。なんとなくそうなるような気はしていたのだ。

それに口振りからして、会わせたい人物というのはヘクトに近しいか親しい人間なのだろう。

「理解が早くて本当に助かります。ここからだと二日程度の道程になりますが、その間はこの窮屈な馬車で我慢していただきたい」

「別に構いやしないよ。雨風を凌げるだけで十分マシってもんさ」

しかもこの馬車はほとんど揺れず、非常に快適である。このまま横になればぐっすりと眠れそうなほどだ。

存外に快適な馬車での移動で、順調に道程を消化。二日後には、ラウラリスたちは町に到着した。

馬車が行き交える広い通りがあることから、なかなかの規模の町なのは推測できる。

そうして、馬車は町の中央にある大きな建物に向かった。敷地内には馬車の停留所もあるようで、そのまま乗り付け、ラウラリスたちは客室から降りた。

もしかしたらこの町で最も大きいだろう建物を見上げるラウラリス。

「なかなかに壮観だねぇ」

「レヴン商会が保有する支部の一つです。直近だと、ここが一番安全に話ができますからね」

支部でこの規模なら、本部はどれほどなのか。国内屈指の商会というのも頷ける。停留所は、馬車で運んできた荷を下ろすためのものでもあるのだろう。

建物の裏手口に向かうと、最初に出迎えたのはスーツ姿をかっちりと着こなした初老の男性。

「お待ちしておりました、ヘクト様」

恭しく頭を下げるように、まさにその道のプロであると理解させられる。

「ご苦労様。あちらはもう？」

「まだですが、もう間もなく到着される頃かと」

「そう、ありがとう。とりあえず奥の執務室にいるから着いたら案内を頼むよ」

「かしこまりました」

端的な会話が終わると、ヘクトは軽く労うように手を振って男性の横を通り過ぎる。ラウラリスもその後に続いた。

早朝の到着ということもあり、建物の中は閑散としたものだ。広い通路を二人で歩くが、誰とも擦れ違わないのは僥倖だ。この町にラウラリスの手配書が出回っているかどうかは不明ながら、顔を見られないことに越したことはない。

そのままラウラリスが通されたのは、おそらくこの建物の中で最も上等な部屋だ。

美術価値が高そうな調度が置かれ、熟練の職人の手がけたであろう執務机に中央にはふかふかのソファーと小洒落たテーブル。常に清掃も怠っていないようで、埃一つ見つからない。

「で、誰に会わせようってんだい」

ちょっとした好奇心で尋ねつつ、執務机の椅子に腰をかけたラウラリス。椅子も最高級仕立てらしく、しっくりとくる感触だ。成人男性向けで明らかにサイズが合っていないのはご愛敬。そうでありながらも、妙に様になって見えるのは、さすがとしか言いようがないだろう。

「それは会ってからのお楽しみということで」

「こっちは遊びじゃないってのに、随分と余裕だね」

ヘクトはソファーに座ると、背もたれに身を完全に預けて楽になる。

「遊びじゃないのはこちらも同じですよ。ただ、だからと言って焦ったところで状況が好転するわけでもありませんから」

肝が据わっているのか暢気なのか。いつでも平常心を保てるのは良いことだが、この男は非常にやりにくい。

これまでラウラリスと接してきた人間は、どれほど事前に話を聞いていたところでラウラリスの外見に驚き油断が生まれた。類い希なる強さを有するには、彼女は可憐すぎる。そのギャップがどうしても拭えないのだ。

もっとも、ケインのような実力者や、分野を問わずに経験を積んだ者であれば、すぐにラウラリスの底知れなさを感じ、侮ることは一切なくなる。だがそうであっても初対面の頃は誰もがラウラリスの美しさに意識が引っ張られる。

ところが、ヘクトはそれがほとんどなかった。

パーティーの夜に顔を合わせた時のことを思い出す。

ラウラリスの手を取ったヘクトをラウラリスは投げ飛ばそうとした。しかしできなかった。力が拮抗し、投げようとした瞬間に抜けられた。

どれほどの膂力を秘めていようとも、そんなことは常人には不可能だ。あらかじめ、ラウラリスの行動を予想していないかぎり。

ラウラリスの美しさをかけ値なしに称賛しながら、ヘクトは微塵も油断をしていなかった、ということだ。

（のらくらとしてるのは、元来の性格か。あるいは……私を警戒しているか。それにしちゃぁ気安いんだよなぁこの男）

飄々としていながらも切れ者――という人間ならラウラリスも多く知っている。ヘクトも同様に分類されるのだろうが、ヘクトのラウラリスに対する接し方はそれだけではないように思えるのだ。

——新たな来訪者が到着したのはそれから一時間程経過した頃だった。

扉がノックされると、さすがにこのままは良くないとラウラリスは椅子から降りた。一方、ヘクトはソファーでだらけた格好のままである。

『ヘクト様。先方が到着されました』

扉越しの声に、ヘクトは「どうぞ」と促す。

僅かな間を置いて、最初にラウラリスたちを出迎えた男性が扉を開く。そこから一歩外に引き、代わりに部屋に入ってきたのは壮年の男だ。

男は部屋を見回し、ラウラリスに視線を向けて目を見開く。次に、ソファーに座るヘクトの顔を見ると眉間に皺(しわ)を寄せてから深く息を吐いた。

「お前の急な呼び出しのせいで、商談が一つ駄目になった。この落とし前、どうつけてくれるんだ」

「そう言うなよ。商談(もうけ)を潰してでも来る必要があると判断したからこそ、あんたはここにいるんだろう？」

険しい声色の男に対して、ヘクトはこれまで聞いたことのない軽い口調だ。それだけ気の置けない間柄ということだろうか。

もう一度深い溜息をついてから、男は改めてラウラリスの方に向き直った。

「剣姫殿、噂はかねがね。愚息がご迷惑をおかけしました」

ラウラリスがここにいることは既に聞かされていたらしい。見た目で侮ることなく、実績ある人間に対等に接しようとする姿勢は好印象だ。

「これはご丁寧にどうも──グゾク？」

首を傾げたラウラリスは、男とヘクトへ交互に目を向ける。よくよく見ると、髪の色が同じである上にどことなく顔立ちも似ているではないか。

「……おい、ヘクト」

「いやなに、ちょっと彼女を驚かせたかっただけだ。そう怖い目で見るなよ、親父殿」

悪戯が成功した子供のように失笑するヘクトは、ラウラリスに向けて言った。

「こちらは、ヘイルズ・レグン。俺の実の父親で、レグン商会の副商会長を務めてます」

意外と言うにはいささか拍子抜けであるが、順当と考えるには少しばかり違うだろう。

「まずは謝罪を。どうにもこちらの事情に巻き込んでしまったこと、深くお詫びいたします」

ソファーに座るなり、ヘイルズは対面に腰を下ろしたラウラリスに深く頭を下げた。

「それはつまり、私の手配書が出回っている原因はあんたらにあるって捉えて間違いないってことか」

「……どうやら、既に予想はされていたご様子で」

「この短期間でギルドに手を回せる存在を考えたら、それしかないだろうからね」

ギルドが犯罪者を手配犯として認定するには、通常であれば幾日かの調査や手続きが必要になる。

これが石級（ストーン）や鉄級（メタル）が相手にするような軽犯罪の常習犯であるのならばさほど時間はかからない。懸賞金もギルドの運営資金から十分に支払える額だ。

だが、銅級（ブロンズ）より上の銀級（シルバー）の捕縛推奨であるなら話は変わる。これらの犯罪者が手配犯に認定される場合、貴族や力を持った商会が絡んでくる。捕縛に成功した場合の懸賞金も相当な額になり、その出資が彼らから行われるからだ。

何も善意で出資しているわけではない。貴族たちにとって、己の足下で危険な犯罪者が好き勝手されてはたまらないからだ。これは逆を言えば貴族、商会がギルドにかけ合って無実の民を手配犯に仕立て上げることも可能ということであった。

もちろん滅多（めった）にあることではない。この国の司法整備はかなりしっかりしている。もし捕縛後に手配犯の無実が発覚した場合、たとえ貴族であろうとも何らかの責を負うことになる。

「この件じゃ私も完全に潔白じゃぁないから、ちょっと言い訳はしづらいわけだが。多分、その辺りも織り込み済みなんだろう」

レヴン商会は貴族にも顔が利くほどの規模だ。ならばギルドにかけ合ってラウラリスを手配犯に仕立て上げるのも不可能ではない。

「……おそらくですが、ラウラリスさんを手配犯に仕立て上げたのは私の弟でしょう」

「弟ってぇと……もしかして商会長？」

「ええ。レヴン商会の現会長アクリオ・レヴンです」

ソレを聞いた途端、ラウラリスは辟易（へきえき）する。つまり、ラウラリスはこの国で屈指の力を持つ商会のトップに目を付けられたということだ。

　さらに始末の悪いことに、それを告げてきたのがレヴン商会会長の兄である副商会長。もうとてつもない面倒の予感しかしない。

「――本題に入る前に、少し事情を説明します」

　ヘクトが父に代わって話を始めた。

「だいぶ前からですが、叔父と親父殿では商会の今後に関する考え方が違いましてね」

　商会としての体制を維持し整えようとする保守的な考え方の商会長。

　商会の発展、事業の拡大を考える推進的な副商会長――といった具合だとヘクトは言う。

「私としちゃぁむしろ、もの凄く真っ当に思えるね」

「ええまさに、今まではそれで問題なかったんですよ」

　考え方の違いはあろうとも共に商会の今後を思ってのこと。表立っての争いはなく、意見が噛み合わなくとも話し合いの末に妥協案を見出すなどのほどよい対立関係であった。

　だが、ここ最近になって不穏な噂が流れ始めた。

　それはレヴン商会の一部で、裏社会との非合法な取引が行われているというものだった。

　こういった悪い噂というのは、規模の大きい商会にはつきものだ。信用の失墜を狙う商売敵の手によるものか、やっかみを抱いた小さな商会が流したものか。

　だからと言って放置しておいてよい問題でもなかった。

「そこで私はヘクトに噂の出所の調査を命じました」

商会の事情に通じており、平時はハンターであるからフットワークも軽い。適任であろう。

「その結果、商会長である私の弟の近辺が関わっている可能性が浮上したのです」

「……もしかして、その取引ってのが」

「ええ。『亡国を憂える者』との間に行われたものです」

それが判明した時点で、ヘクトはこれ以上の調査が困難になると判断した。おそらく、自分（ヘクト）が動いていることは商会長にも伝わっているとわかったからだ。

「つまり、あんたが『亡国』の拠点だった砦（とりで）の近くにいたのは偶然じゃぁないってことか」

「親父殿の指示でした。調査の進展に繋がるきっかけがないかと」

取引の相手がビスタであることまでは掴めていたが、それ以上のことはわからなかった。それでも何か得られないかと思っていたところに、例の拠点襲撃作戦の参加者にラウラリスがいたことを知ったのだ。

「それで私をそそのかして闇取引の証拠を見つけようとしたわけかい」

「僕が直接動かなければ、手を出してくるにしろ少しの猶予（ゆうよ）があると踏んでいたんですがね。こうも力押しで来るのは予想外でした」

「……もの凄く前向きに考えれば、私を強引に手配犯に仕立て上げることができる程度には大物がいるとわかったわけだ」

そしてその大物が、レヴン商会のトップであると、ヘクトとヘイルズは考えているのだ。

「宗教の派閥争いの次は大商会のゴタゴタか……また次から次へとどうしてこうなるかね」

興味本位で首を突っ込んだら、大半が大事になっている気がする。これをヒキの良さと捉えるか運の悪さと考えるかは微妙なところだ。

自分が置かれている状況が、大まかにではあるがわかり始めてきた。

不本意極まりないが、かと言ってこのまま状況を放置していればいよいよお天道様の下を歩けなくなりそうなのは間違いない。

「砦に忍び込んだ時に鉢合わせたあの二人組も、商会長が差し向けたってことかね」

「状況的に見ればおそらくは……」

「目的は、闇取引の証拠の隠滅。私を手配犯にしたのは、万が一に証拠を掴まれていた時の保険ってところか」

「ボヤ騒ぎは、さらにかけていた保険だったのでしょう」

少しの間を置いてからラウラリスが溜息をつく。

「…………おかげでこっちはいらない罪状まで追加されて、いい迷惑だっての」

「本当に闇取引の証拠があったかすら不明ですからね」

ヘクトが腕を組む傍らで、ヘイルズは何かを思い出したかのように顎に手を当てる。

「最近、商会長の元に妙な人間が出入りしているとの報告がありました。もしかしたらそれかもしれません」

「そいつらの具体的な情報は？」

ラウラリスが若干身を乗り出すが、ヘイルズは申し訳なさそうに首を横に振った。

「詳しいことは何も。ただ、銅級のハンターであることだけは確認がとれたようです」

中堅どころの手堅い戦力ではあるが、ラウラリスが砦で遭遇した二人組はとても銅級で収まるような強さではなかった。得物があればともかく、無手で相対するのは避けたいと思える程度の実力者だった。

「…………腕利きの銅級ハンター……か」

「ヘクト、何か知ってるのかい？」

「確証があるわけではありませんが、それらしき二人組に心当たりはあります。ただそうなると、少しばかり面倒な相手かもしれません」

珍しくヘクトの表情は深刻な色を帯びていた。彼の言う『心当たり』というのがそれだけ厄介なのであろう。

「ハンターは、危険種を含む動植物の狩猟、採取が生業の中心になっています。これは銅級より上、対人も視野に入れた依頼が増えるようになってからも基本的に変わりません。このことはラウラリスさんもご存じですね」

「その辺りは一通り、ね」

無所属の賞金稼ぎであるラウラリスだが、捕まえた手配犯を引き渡す先はハンターギルドだ。自然と、ハンターに関わる情報も耳に入ってくる。

「ただやはり、ハンターの中にも得手不得手というのがありまして。危険種の討伐に特化した者がいたり、希少な植物の発見に秀でた者がいたりします。そして——人間を相手にすることに特化した者も」

「ああ確かに、そういった手合いはいるだろう」

　つまりは方向性（ベクトル）の違いだ。

　言うまでもないが人間と危険種では対処の仕方がまるで変わる。野生の本能で襲い来る獣を相手にすることは得意でも、知性を持った人間を相手にするのは苦手という者はいる。逆もまた然（しか）りだ。

「その口振りだとなかなかの実力者って感じだね」

「なかなか——どころではありませんよ。銀級（シルバー）への昇格には危険種の討伐実績が必須ですので等級こそ未だに銅級（ブロンズ）止まりですが、こと対人戦に限定すればその強さは銀級（シルバー）最上位。あるいは金級（ゴールド）にすら匹敵するという話です」

「なんとまぁ」

　口では驚きつつも、ラウラリスの顔には隠しきれない愉悦が含まれていた。

　一括りに銅級（ブロンズ）、銀級（シルバー）と階級は分かれているが、その中でも実力はピンからキリまである。ただ金級（ゴールド）ともなれば間違いなくどれもが超一流の実力者。それに匹敵する使い手ともなれば、武人としての血が幾ばくか疼（うず）くのは仕方がないだろう。

「それで、具体的にはどんな奴ら——」

　ヘクトの言う『二人組』について詳しく聞き出そうとしたところで、ラウラリスの視線が鋭くなった。ヘイルズは彼女の唐突な変化に戸惑い、一方でヘクトの整った顔立ちが真剣味を帯びる。

「……ヘイルズさんよ。あんた、ここに来ることを事前に誰かに教えたか？」

「い、いえ。報を受けてから誰にも告げずに――まさかっ」

戦場とは無縁の生活を送るヘイルズであろうとも、二人の緊張から何が起こったのかを察したのだろう。

ソレを証明するかのように、こちらに複数の速い足跡が近付いてくる。

一分も経たぬうちに、勢いよく部屋の扉が開放され、武器を携えた複数の人間が雪崩れ込んできた。

「だ、誰だお前たちは!?」

驚きながら立ち上がるヘイルズ。ヘクトはゆったりとした動作で腰を上げる。ラウラリスは変わらず、背もたれに腕をのせて状況を見据えていた。

部屋のおよそ半分、入り口側に武装した者たちが陣取る。装備がバラバラであることからハンターであろう。

やがて、ハンターたちの間から三人が前に出た。

先頭に立つのは、キッチリとスーツを着こなした壮年の男性。ハンターたちとは異なり荒事とは無縁そうな姿だ。

その両脇に控える二人のハンターらしき人物。

片方は痩身。躰の動きを極力阻害しない軽装であり、服の間に見え隠れする筋肉は無駄なく引き締まっている。武装と思わしきは両手に嵌められている手甲だけ。

もう片方は痩身の男と背丈こそ同等だが、筋肉が分厚い風だった。だが躰を覆う外套で詳しくは不明だ。

先頭のスーツ姿を目に、ヘイルズは目を見開く。

「お前は……」

「ご無沙汰しております、ヘイルズ副商会長」

どうやら顔見知りのようだ。ラウラリスが目配せをすると、ヘクトが肩を竦める。

「叔父の——商会長の秘書を務めてるユダスさん。凄く有能だけど凄くお堅い人ですよ」

「ヘクトさん……アナタの奔放ぶりに、商会長はいつも気を揉んでいらっしゃいます」

「ははは、会うなり随分な挨拶ですね」

「申し上げたいことは多々ありますが、またの機会で良いでしょう。それよりも今は重大な案件がありますので」

ヘクトから視線を外すと、再度ヘイルズに目を向けるユダス。

「——副商会長、アナタには非社会的組織との不正取引に関わったという嫌疑がかけられています」

告げられた内容に、ヘイルズは声を荒らげる。

「なっ、何を根拠にそんな馬鹿げたことを！」

「現段階では確証に至るものは何も。いえ、正確には、ここに来るまでは、と言い換えても良いかもしれません」

ここで初めて、ユダスはラウラリスに目を向けた。

「ギルドから指名手配されている少女との密談。単なる世間話と言うにはいささか無理がある状況ではありませんか？」

なるほど、ユダスの言うことは正論だ。

事実はともかく、世間的には今のラウラリスは手配犯。事情を知らぬ者にとって、この現場はまさに犯罪に関わる会話がなされていたと見なされても仕方がない。

「──ッ」

それがわかっているだけあり、ヘイルズも二の句が継げない。下手なことを口走れば、状況がさらに悪い方向に転がっていくと判断したからだ。

さて困った、とラウラリスは顎に手を当てる。張り詰めた緊迫感が室内に漂う中、一人だけ夕食のメニューを考えるような気軽い仕草である。

（見た限り、ユダスって男が連れてきたハンターは銅級が大半だろう。あれらだけなら返り討ちにするのは容易いが……）

問題はユダスの両隣にいる二人だ。

まず間違いなく、『亡国』の拠点だった砦で遭遇した二人組だ。あの時に僅かにやり合った感覚と、ヘクトから聞いた話を統合すると、片手間で倒すのは難しいだろう。

ラウラリス一人なら強引に逃げ出すのは楽だ。

だが、ヘクトとヘイルズがラウラリスと裏で関わっていたという事実を見咎められている。どれだけ弁明をしたところで何らかの処罰を受ける可能性は高い。そうなると、商会の内情を探る大きな手立てを失ってしまう。

――つまりヘクトとヘイルズに犯罪への直接関与がないことを証明しつつ、この場を脱することができれば良いのだ。

「大変申し訳ありませんが、お三方を拘束させてもらいます。抵抗すれば後々に悪影響が出る恐れが――」

「あ」

ユダスの口上の途中でポンと、ラウラリスは手を打った。夕食のメニューが思い付いたような気軽さである。思わず口が止まったユダスや、この場にいる他の者たちの視線が一斉にラウラリスへ集中した。

皆の注目を一身に集めるラウラリスはヘイルズを見るとにやりと笑った。その笑みは可憐（かれん）な少女が浮かべるには凶悪すぎる色を含んでおり、商売人として幾多の場数を踏んできたヘイルズとて悲鳴を漏（も）らしてしまいそうなほどであった。

――彼女の意図を瞬時に理解したのはこの場で三人。

ユダスの側に控えた二人のハンターと、ヘクトのみ。

だが、彼らが悟った時には既にラウラリスはソファーから跳び上がっていた。棒立ちしていたヘイルズの背後を取り、膝の後ろを軽く蹴って彼の体勢を低くしその首を絞め上げた。

「この男の命が惜しかったら全員動くな！」

……………………

ほんの僅かに空気が凍り付いた後、目の前の光景をようやく理解したハンターたちが各々（おのおの）の武器を構えようと動き出す。

「動くなと言った!!」

ヘイルズの首を腕で絞めつけながら、ラウラリスはその場を力強く踏みつけた。建物全体に伝わるほどの強烈な音が響き渡り、彼女が踏んだ場所を基点に床に亀裂が生じた。

「「「…………ッッ」」」

皆が一斉に息を呑んだ。少女が繰り出すにはあまりにも強烈すぎる震脚（しんきゃく）。誰もが見た目にそぐわぬ力を目の当（まあ）たりにし、動きを止めた。

「次に妙な動きをすれば、この男の首を容赦なくへし折る。嫌なら黙って従うことだな」

ハッタリと呼ぶには威圧を含んだ声。美しい音色のような声色はしかし、今は死神が運ぶ破滅の音にも聞こえる。

耳元で聞かされているヘイルズなど、今にも泡を噴いて意識を失いそうなほど青ざめていた。件（くだん）の二人も、険しい表情を浮かべながらも、ラウラリスを黙って見据えるのみ。それでも瞬時に動けるように自然体で構えているのはさすがであろう。

「ヘクト、私の剣を取ってこい」

「仰（おお）せのままに」

命じられたヘクトは壁に立てかけてある長剣を掴むと、ラウラリスに差し出す。片手で受け取った彼女はそれを肩に担ぎ上げる。

「おっと、下手なことをしたら腕に余計な力が入るから注意しろ」

「ぐぉ……ぉっ……」

ピクリと肩を強ばらせたヘクトだったが、父親の苦しげな呻（うめ）きを耳にすると、両手を上げ降参ポーズを取りながら静かに後ろに下がった。

「……な、なんのつもりなんですか、あなたは」

ほんの数十秒前までは場の流れを握っていたはずのユダスが、完全に場に呑み込まれ掠（かす）れた声を発する。

副商会長と密談を行っていた相手が、あろうことか副商会長を人質にしたのだ。素直に状況を理解できたら逆にその人間の精神構造が疑わしくなる。

ラウラリスは長剣で肩をトントンと叩きながらつまらなそうに息を吐く。

「せっかく手土産を持っておたくの副商会長を誑し込もうとしたってのに、余計なチャチャが入っちまった。どうやら私をハメようとした奴がいるらしい」

「んなっ!?」

ユダスはいよいよ驚きの声を上げてしまう。その反応に、ラウラリスは己の目論見が上手くいっていることを確信した。

「ま、こうなっちまった以上、今回は退散させてもらう」

「……逃げられると思っているのですか、この状況で」

確かに、出入り口はハンターたちが固めている。加えて部屋には窓はあるが格子が嵌められており、人が通れる隙間はなかった。

「なぁに、簡単なことさ」

ラウラリスはヘイルズを拘束したまま、窓のある壁に寄る。いったいなんのつもりかと誰もが思った中で、やはり彼女の意図に気がついたのはヘクトとあの二人組だった。

「まさか……」と顔を引きつらせる彼らを一瞥した後、ラウラリスはヘイルズを無理矢理立たせるとユダスたちの方へと突き飛ばす。

そして――

「出口がなけりゃぁ作るまでさ!!」

振り向きざまに鞘に入った長剣を壁に叩き付けた。刹那だけ音が消え、次の瞬間には轟音と共に部屋の壁が外側へと崩落した。

「じゃぁ、またね」

手早く鞘のベルトを躰に固定したラウラリスは、可愛らしく手を振って建物の外へと脱し、手近な民家の屋根に着地した。

人混みの中ではどれほど綺麗に避けようが走力が落ちる。加えて、おそらく既に町中に追っ手が放たれているだろう。万が一でも一般人を戦闘に巻き込むのは避けたいところ。

ラウラリスは多少なりとも目立つことを覚悟し、屋根伝いに走り抜ける。時折、上を見た通行人がこちらの姿を見つけるが構っていられない。

乗ってきた馬車にいくらか荷物を置いてきてしまったのが少し惜しいが、さすがに取りに戻る余裕もない。中には例の義賊衣装もあり、いよいよ不法侵入の件が露呈するが、既にその件で指名手配を受けていたのだから良いだろう。

幸い、換金用の宝石は常に懐に忍ばせている。しばらくの間であれば路銀に困るようなことはない。最悪の場合、山に引きこもれば食糧も事欠かないだろう。

あの恥ずかしい衣装が晒されると考えると若干気が重いが——

「やっぱり処分しておくべきだったか。いやでもあると便利なんだよねぇ。結構な値段もしたしね、あれ……ん？」

縁から跳躍し、隣の民家の屋根に着地したが、背後に生じた気配に振り返る。ユダスの側にいたあの二人組が、ラウラリスと同じく屋根伝いで追ってきている姿があった。

「おやまぁ、よくやるよ」

己のことを棚に上げるラウラリス。双方共に軽業師（かるわざし）のような軽快さで屋根と屋根の間を跳び、それぞれが別の屋根（ルート）で近付いてきている。ラウラリスが支部を脱した後に即座に追ってきたのだろうが、それにしてもなかなかに動きが速い。

（このまま振り切るか、あるいは——ッ）

唐突に思考を中断したラウラリスは振り向きざま己に迫り来る物体を掴んだ。

「危ない危ないっと」

掴んだものを確認すれば、諸刃（もろは）の短刀。視界の端で外套（がいとう）の男の手が翻（ひるがえ）り、さらに幾本かの短刀が飛来する。絶妙な間隔と位置だ。足場の悪い屋根上では回避が難しく、全部を避けようとすれば体勢を崩しかねない。

「ほいさっ」

迫る短刀に対し、ラウラリスが優雅に腕を閃（ひらめ）かせる。直後、彼女が見せつけるように手を翳（かざ）すと、外套（がいとう）の男が投げた短刀の全てが彼女の指で掴み取られていた。

「そら、返すよ！」

「————ッ」

外套（がいとう）の男は顔をしかめて懐（ふところ）に手を突っ込むと、取り出した三節棍（さんせつこん）を振るい投げ返された短刀を弾く。

「——ッ、ラァァアア！」

　別ルートから接近してきた軽装の男は、跳躍すると気勢を発しながらラウラリスに向けて手甲を装備した腕を叩き落とす。

「せいやぁっっ！」

　ラウラリスはその場で半身になると男の手を掴み、勢いをそのままに後ろへ向けて投げ飛ばす。ところが軽装の男もさるもので、空中で体勢を立て直し見事な着地を決め、直後に改めてラウラリスに向けて踏み込む。

「二度も同じ手が通用するかよぉ!!」

「そりゃぁ失礼した」

　再び振るわれる手甲を、今度は抜き放った長剣の面で受け止める。拳に返ってきた硬く重たい感触に軽装の男は目を見開いた。いくら長剣を携えていようとも、小柄な少女が小揺るぎもせずに己の一撃を受け止めるとは予想もしていなかったのだろう。

「小娘だと思って甘く見たかい？」

「……いいや、想定内だ」

　目元をヒクつかせながらも笑う軽装の男。その目にはラウラリスではなくその背後にまで迫っていた外套の男が映っていた。

「ふんっっ！」

　鋭い気迫と共にラウラリスは全身に力を行き渡らせる。屋根に脚を食い込ませ土台を確保し、最初に長剣を薙ぎ払い軽装の男を弾き飛ばす。続けて払いの勢いを殺さずその場で旋回、後ろから三節棍を打ち込んでくる外套の男を巻き込む。

ところが男は刃が届く寸前で踏みとどまり間合いの外へと逃れた。

「なるほど、良い練度だ」

軽装の男は力任せに吹き飛ばされても、不安定な屋根の上で即座に体勢を立て直している。外套の男も同じだ。鍛えた体幹でなければ留まりきれなかっただろう。

前と後ろにいる男たちにそれぞれ目を向けてから、ラウラリスは長剣を担ぐ。醸し出しているのは、強者が持つ余裕の気配だ。

「薄々わかってたが、やっぱり化け物だな。どうなってんだよその躰。噂以上じゃねぇか」

「お褒めに与り光栄だよ」

軽装の男が冷や汗を掻く。外套の男も神妙な顔つきでラウラリスを見据えていた。

一方で、男たちの練度にいささかの関心を抱くラウラリス。この短時間で、これまで出会ってきた者たちの中でもかなりの上位に食い込む実力者だと感じられた。

「興味本位で聞くが、あんたら名前は？」

「……リベルだ」

「バイス」

軽装の男が先に答え、外套の男が後だ。

ラウラリスも特に何らかの意図があったわけではなく、だからこそすんなりと教えてくれたことが意外であった。

「別に俺たちは殺し屋じゃぁねぇ。名前を教えたところで支障はねぇよ」

「とはいえ、お前を生け捕りにできるほどの余裕があるかと問われれば、返答に困る」

殺すことが目的ではないが、殺すつもりでなければラウラリスに対抗できないとバイスは言外に述べた。

「それはさすがにできない相談だ」

「剣姫(けんき)さんよ、ここは素直に捕まってくれやしないか。相方の言う通り、あんたを生きたまま無力化できるほど、俺たちも腕に自信があるわけじゃない」

「じゃぁ……こちらも仕事なんでね。死んじまっても恨んでくれるなよ」

リベルが拳を構え、バイスが三節棍(さんせつこん)を脇に挟む。どちらも臨戦態勢だ。

「いいだろう。こちらとしても、まずあんたらを黙らせたほうが逃げるのも楽なんでね」

そう言って、ラウラリスは笑った。


「おらららららららららっっ!!」

リベルが不安定な足場をものともしない踏み込みでラウラリスに肉薄、そのまま拳の乱打を浴びせる。一撃の重さよりも速度と数を重視し、とにかく牽制(けんせい)を目的とした攻撃だ。

本来なら一発でも当てたところで本格的に攻撃を加える算段なのだろうが、ラウラリスには通用しない。リベルの拳を全て紙一重で回避していく。前後以外はほとんど逃げ場がない屋根の上であるはずなのに、ほとんど上半身の動き(スウェー)だけで避けていく。

バランス感覚のみならず、上半身の動作を僅かな足場で支えるに足る強靭な下半身があって可能な動きである。しかも、長剣を担いだ状態でだ。

「こなくそっ！」

まるで拳が勝手に避けていくかのごとき感覚に歯噛みするリベル。攻撃が通じないと判断すると拳を引き、上体を下げてからの下段へ足払いをかけるような蹴りを見舞う。

ラウラリスは緩やかな足取りで後退し、蹴りをやり過ごすが。

「まだまだ！」

リベルは体勢が下がった状態から、全身のバネを利用して鋭いアッパーを繰り出す。長剣を担いだ状態のラウラリスであれば、このタイミングで迎撃は間に合わないはず。

ゴギンッ!!

「おいおい、ほんとマジおかしいだろ⁉」

当たれば骨だろうと容易く粉砕する拳を、ラウラリスが長剣の柄頭で受け止める。

「動きの繋ぎがまだまだだね」

前蹴りでリベルの躰を押し出し、間合いが開いたところで斜め上から長剣を打ち込む。蹴りで体勢が崩れた上に不安定な足場では踏ん張りがきかず、寸前で腕の装甲で受けるがそのまま屋根の斜面へと転がり落ちていく。

「――っ、とぉっ」

振り向きざまに剣を振るい、ラウラリスは迫るバイスの三節棍を寸前で弾き飛ばす。

バイスは三節棍を旋回させながら二歩、三歩と下がり左右の手で両端を掴んで構える。

「あんた、狙いところが上手いね。実に嫌なタイミングで打ってくる」

「それを余裕で防ぐ相手に褒められたところで――」

軽業師のような身軽さで歩を進め、三節棍を振るうバイス。その動きだけで演舞として成立しそうな流麗さで、ラウラリスを打ち据えようと空を回る。

「しかし、三節棍なんて癖の塊みたいな武器をよくもまぁ」

「長剣を片手剣ばりに軽々と扱う女に、言われたくはない！」

「そりゃごもっとも」

リベルの拳は確かに速度もあったが、攻撃の基点は間違いなくリベルの躰であった。だがバイスの三節棍は時に直線、時に弧を描き、様々な軌道を数多の地点から打ち出してくる。

扱いが非常に難しい武器であるだけにラウラリスの称賛は本音だ。しかしバイスとしてはそれを重量のある長剣で全て打ち払われれば文句も出てくる。

「バイスッ！」

ラウラリスの視界の端に動く姿。落下を逃れたリベルが、屋根の斜面を駆け上がってくる。

「ふぅうっっ！」

三節棍を強く打ち付けてから、その反動を利用するようにバイスが飛び退く。その最中、いつの間にか手に握っていた短刀をラウラリスへと投げつける。

短刀で僅かでもラウラリスの動きを阻害し、その隙をリベルが追撃するという流れ。前から申し合わせていたのか、あるいは即興かは不明だが、やはり二人で戦うことに慣れた連携だ。

しかしラウラリスはその上を行く。

長剣を振るい短刀を弾く。できた刹那ほどの隙を狙おうとリベルが踏み込むが、それが叶うことはなかった。ラウラリスに弾かれた短刀が、リベルへと飛来していたからだ。

「うぉぉぉおおおおおっっっっ!?」

目を剥いたリベルは寸前で身を反らして跳んでくる短刀を回避するが、おかげで再び体勢が崩れ屋根の斜面を滑り落ちていく。

「ちょっ、落ちる落ちるって!?」

悲鳴を上げながら踏ん張り、リベルは屋根の縁から落ちる寸前でどうにか耐えた。

戦いが始まってから僅か数分。

だが、この時点で既にリベルとバイスは肩で息をし始めている。一方でラウラリスは当初と変わらず汗の一つも垂らさず涼しい顔で佇んでいた。

「そうそう、あんたらに一つ確認しておきたいんだがね」

笑みは変わらず、ラウラリスから強烈な圧が放たれる。

「殺さずに捕まえるのは難しいと言ってはいたが……まさか本気で私を殺せるとでも思っていたのかい？」

リベルとバイスは息を呑んだ。が、気勢を衰えさせるような愚は犯さない。

「こう見えて、それなりに場数は踏んでいる。今ので彼我の差を理解できないほど馬鹿ではないつもりだ」

「悔しいが相棒の言う通りだ。今の俺たちじゃぁあんたにゃ及ばねぇ。逆に、殺されねぇようにするのが精一杯だってな」

バイスが仏頂面になりつつも呟くと、リベルも悔しげに呻く。あるいは金級に匹敵する実力と称されていながらも、それぞれが己の未熟を恥じているのだろう。

「だからと言って素直に回れ右しちまったら、今後の信用問題に関わってくるんでな」

「捕まえる余裕もなければ殺すのも叶わず。しかし、二人がかりなら足止め程度は可能だ」

ふと、ラウラリスが屋根から下を見渡すと、野次馬が集まり始めていた。

「なるほど、時間稼ぎか」

ここまで派手な立ち回りをしていれば注目を集めるのも必定だ。人混みの中にはちらほらとハンターらしき姿もある。

「悪いが、十分な人手が集まるまで付き合ってもらうぜ」

「殺人に躊躇いはなくとも、進んで人死には出したくないと見た。卑怯で悪いが遠慮なくそこを突かせてもらう」

実力差を理解しつつも、ラウラリスの立ち回りから彼女が死人を避けていることを悟ったのだろう。どうやら少しばかりお遊びが過ぎていたか。

やるじゃないか、と心の中で称賛を送ってからラウラリスはクスリと笑う。

「じゃぁそろそろ、この場は引かせてもらおうかね」

「させぇねって言ってんだろ！」

屋根の頂点に登ったリベルは両腕を盾のように構え、ラウラリスに向けて突進する。多少の被害は覚悟の上で距離を詰めるつもりだ。

「ふんっ！」

ラウラリスが足場を軋ませながら長剣を振るうが、今度はリベルを吹き飛ばせない。

「お？」

「あんたが正真正銘の本気なら俺ぐらい楽に吹っ飛ばせただろうが、この足場じゃ全力は出せねぇよな！」

いくら長剣の重量があろうとも、ラウラリスの体重は年頃の娘と大差ない。そんな彼女が類い希なる膂力を発揮できるのは、躰の全てを同時に稼働させる全身連帯駆動によるものだが、その他にも大事な要素がある。

ラウラリスの振るう膂力を支える足場だ。両の脚で地を掴み、揺るがぬ土台があってこそ初めて十全の力を発揮できるのだ。

だが、今の彼女が踏みしめているのは木材で組んだ土台に煉瓦や石を敷き詰めた屋根上。彼女が全力を発揮すればたちまち足場が崩壊するだろう。

「このくらいなら、最初から受けるつもりで受けりゃぁ踏ん張れる！」

「民家の屋根を逃亡ルートに選んだのは、結果的にはこちらの有利に働いたな」

リベルに意識が向いたところで、逆側からバイスの三節棍が振るわれる。前後からの同時攻撃を、ラウラリスは巧みな剣捌きで払いのける。

だが、リベルが指摘した通り全力を出すには至らず、下手に力を込めると足下が軋む音が響いてくる。

（ただの腕自慢じゃないみたいだね。状況と彼我の実力をよく考えてる。いつもならもうちょっと付き合ってやりたい気もするが）

若人の成長を促したい老婆のお節介が僅かに込み上げるが、ラウラリスはそれをグッと堪えた。こうしている間にも、ハンターたちが集まってきている。これ以上時間がかかればいよいよ逃げるのにも一苦労するだろう。

（ならっ！）

ダンッと、ラウラリスは重心を低くし力強く屋根を踏みつけた。いよいよギシギシと嫌な音が辺りに聞こえ始める。

「つっつ、だらぁぁぁっっ！」

「ここだっ！」

ラウラリスの意図は読めずとも、彼女の動きが確実に止まった。それを好機と見た二人は息の合った同時攻撃でラウラリスを狙う。両者の中央に位置するラウラリスはリベルの拳を素手で、バイスの三節棍を長剣で受け止めた。

ドンッッッ!!

「「――――ッッッ!?」」

強烈な衝突の音が鳴り響くと、リベルとバイスはいよいよ言葉を失う。振るった拳に、三節棍に返ってきた感触が、人間を打つ感触とはあまりにも異なっていたからだ。

「――不壊」

全身連帯駆動は通常、肉体の全てを同時に稼働させることで驚異の身体能力を得る身体運用術。そして全身の筋肉や関節を掌握し操ることができるということは、逆にその全てを動かさないことも可能だ。

『不壊』とは全身の筋肉を引き絞り関節をも固めることによって、肉体強度を極限まで高める技である。極めた者が本気で行えば、真剣の刃を無傷で受け止め、逆に粉砕するほどの強度を獲得する。

――ミシミシミシッ……

常識外れのその硬さに、攻撃を受け止められた二人の思考に僅かばかりの空白が生まれる。ラウラリスはそれを見逃さず、リベルの拳を掴むと躰の位置を入れ替えるようにバイスの方へと投げ飛ばした。

「どわぁっ⁉」

「邪魔だ！」

「わ、悪ぃ！　――って、ん？」

バイスに短い謝罪を述べてから慌ててラウラリスに目を向けたリベルだったが、彼の目には長剣を高らかに構えた少女の姿が映っていた。

「じゃぁね。今度はもうちょっと余裕がある時に付き合ってやるよ」

ラウラリスは告げ、長剣を一息に振り下ろす。刃が地面——屋根に接すると家全体を揺るがすほどの凄まじい震動が伝わった。

——バキバキバキバキッ！

リベルとバイスの耳に、何かが致命的にへし折れていく音が届く。そして、それがなんなのかを理解する前に、彼らの姿がその場から消失した。

より正確に言えば、屋根の崩落に巻き込まれたのだ。

三人の戦いやラウラリスの踏みつけ。二人の攻撃を受け止めた時の衝撃。トドメに、ラウラリスの振り下ろしで屋根の耐久力が限界を迎えたのだ。

「いててて。何が起こってんだよ……」

さすがにハンターだけあって頑丈だ。折れた木材や煉瓦の瓦礫に埋もれながらも、リベルは健在だった。それはバイスも同様で頭を手で押さえて辺りを見回している。

そんな二人を、辛うじて無事である屋根の上から見下ろすラウラリス。

「家主に伝えておくれ。修繕費諸々はレヴン商会にツケで頼むってね」

伝言を残し、ラウラリスは再び屋根伝いの逃走を開始する。衝撃からすぐには立ち直れず、屋根の瓦礫に埋もれた二人はそれを黙って見送ることしかできなかった。

そして、二人の足止めがなくなった以上、他のハンターたちでは追跡を続けられるはずもなく、まんまとラウラリスを見逃すことになってしまうのであった。

――ラウラリスが商会の雇ったハンターたちの包囲網を脱出してから四日ほどが経過した。

一時は物々しいハンターたちが街中を歩いていたために緊張した雰囲気が漂っていたが、それも数日もすれば収まりを見せた。

ハンターたちがどれほどに街中を捜索し、住人への聞き込みを行ったところで、ラウラリスが街を飛び出す瞬間を除けば目撃情報は皆無であったからだ。

既に彼女は街を脱出したというのが大半の見解だ。商会もハンターたちも街の捜索は「とりあえず」といった空気で惰性的に行っていた。

それと並行して行われていた、ヘクトとヘイルズに対する取り調べ。ただ、これもあまり成果と呼べる成果は得られなかった。

ユダスは当初、ヘイルズに対する不正取引の調査という目的であの場に踏み込んだ。ラウラリスの存在は、彼の不正取引への関与を強める大きな一因となるはずであった。だがラウラリスがヘイルズを人質に取りその場を逃亡したことから、いつしか「ラウラリスがヘイルズに接触し、不正取引を持ちかけた」という形になりつつあった。

尋問の結果、ラウラリスがどのような取引を持ちかけようとしたのかは不明。その話が始まる前にユダスらが踏み込んでしまったという。ヘクトも、ラウラリスが砦に侵入する前に彼女と接触した事実は認めるが、その後の彼女の動向は不明であると主張した。砦に侵入した事実も、指名手配の情報が届いてからようやく知ったと。

ラウラリスがヘイルズを人質にとった際の様子に対して、同じ場にいたハンターたちは「あれはハッタリではなかった」と口を揃えている。

「――というのが、商会の動向です」

「ほっほっほ、良い具合に話が進んでるねぇ」

人混みの中を歩くヘクトと、その隣を歩く小柄な姿。腰は曲がり、足取りも弱々しい。深々と被ったフードからは艶を失った髪が垂れており、声もしゃがれている。誰もが老婆と思うだろう風体だった。

だがその実態は、年老いた姿に変装したラウラリスであった。まさに老婆そのものの笑いをするラウラリスに、ヘクトも驚きと呆れを隠せなかった。

こうして老婆に変装したラウラリスが接触してきたこと自体が、彼にとっての驚きだった。何らかの形で接触してくるとは考えていただろうが、まさか白昼堂々、街中でぶつかってくるとは思いも寄らなかったのだ。

ヘクトは数日の取り調べが終わり、ようやく自由の身となっていた。それでもあと一日、二日は念のために街に留まることを告げられ、渋々とこれを承諾。気晴らしに街をぶらぶらと歩いていたわけだが。

ちょうど曲がり角に差しかかった頃、死角から歩いてきた腰曲がりの老婆とぶつかり相手が倒れてしまった。慌てて駆け寄り手を貸してみれば、頭まで被った外套の隙間から覗いたのがラウラリスの赤い瞳であった。

「しかし、見事な変装ですね。わかっていても、本当におばあさんにしか見えませんよ」

「昔取った杵柄って奴さ。ババァに変装することにかけちゃぁ、なかなかのもんよ」

元ババァがババァに変装するという妙な事態。

前世において悪徳女帝を演じていたラウラリスではあったが、市井の生活を身近で観察するため、政務の傍ら弱々しい老婆の姿に変装して市街へと散策に出かけていたりしたのだ。

その際に、不正を働く貴族や商人に泣かされる国民のためにちょくちょく一肌脱いだりもしたのは、ちょっとした余談である。

一肌脱いだ結果、屋敷の一軒や二軒が半壊したり廃墟になったりするような事態になり、四天魔将や他の部下たちが後処理に奔走したりしたのも、やはりちょっとした余談である。

傍からは優男が年老いた女性をエスコートしている状況にしか見えない。それほどまでにラウラリスの変装は完璧であった。

「これでとりあえず、あんたらは商会の中でもまだ自由に動けるわけだ」

「あの状況で咄嗟にそこまで算段を付けられた判断力には、本当に脱帽しますよ」

「ひっひっひ。悪役に仕立てられそうになったんなら、いっそのこと本気で悪党を演じた方が動きやすいってね」

「確かに。ああも本気で脅されれば、親父殿が完全に被害者にしか見えませんでしたから」

ラウラリスがヘイルズを人質にとった一連の演技は、己を完全に悪役にすることで、ヘクトとヘイルズはラウラリスの悪事に巻き込まれた被害者という形を作り上げるためだ。

最悪なのは全員が拘束された場合だ。これを避けつつ、商会内の情報を引き続き得るためには、自らが悪党という役回りを演じた方が良いと判断したのだ。

おかげでヘクトとヘイルズへの容疑は不透明になり、ラウラリスも指名手配という状況は変わらずながら裏で自由に動ける。

「けど、あんたらも大したもんじゃないか。ろくに打ち合わせもなかったのに、上手い具合に話を合わせてくれただろ」

「親父殿も荒事は苦手ですが、それでも長年商会で場数を踏んでますし、僕だってそうです。あの程度を即興でこなせなきゃぁ、今頃は商売敵に身ぐるみ剥がされて、橋の下で物乞いでもやってますよ。その辺りを含めてのあの演技でしょう？」

「まぁそうなんだがね」

唯一の懸念であった部分は、ヘクトが上手く受け取ってくれたようだ。

「それで、今後はいかがするおつもりで？」

「決まってる。私をハメようとした奴らにケジメを付けさせて、『亡国』に関して洗いざらい吐かせる」

「これは愚問でしたね」

当たり前のことを当たり前のように述べるラウラリスに、ヘクトは肩を竦めた。

「――っとそうそう。一つあんたに頼まれてほしいことがあった」

ラウラリスは周囲への警戒を行い、誰の注意も向けられていないことを確認してから、すばやくヘクトの懐へと手を突き入れる。

ヘクトが何気ない動作で己の懐を確認すると、一通の封筒が収められていた。その早業に舌を巻きつつも、彼は手紙を差し入れた本人に尋ねる。

「これは？」

「急ぎで手紙の配達を頼むよ。あんたならできるだろう？」

「それなりの伝手はあるので可能ですが……内容を伺っても？」

「知り合いに外部からの調査を頼みたくてね。この手の話であれば一番頼りになる奴さ」

そう言って、ラウラリスはクスリと笑った。

「それで、これからどう動くおつもりで？」

「いい加減に街からは出るよ。そろそろ門の警備がダレてくる頃合いだからね」

ラウラリスの言葉通り、街全体の警備態勢の度合いは、通常時よりも少しばかり厳しい――程度にまで下がっていた。これなら人の目を盗んで脱出するのもさほど難しくはないだろう。

「あなたほどの実力者であれば、抜け出すのは簡単だと思うのですがね」

「隠密行動が本職ってわけじゃぁないんだ。それなりに自信はあるけど絶対とは言い切れない。特に今回は、相手に腕利きが紛れてるから尚更ね」

相手が銅級ハンターやそれに類いする程度の集団であればともかく、今回はバイスやリベルのような実力者が交ざっている。それを加味して、ラウラリスは彼女なりに慎重に動いているのだ。

「そういやぁ、バイスとリベルはどうしたんだい？」

「民家の屋根を破壊された件と、あなたを取り逃がした件でユダスさんにこってり絞られてますよ」

「それが原因でクビになったりは?」

現時点で、戦力的に警戒すべきはバイスとリベルの二人だけだ。あれが除外されたとなればラウラリスも相当に動きやすくなる。それを目的に屋根を破壊したわけではないのだが、もしあの二人が契約を打ち切られればラウラリスとしては上々である。

だが、ラウラリスの期待にヘクトは首を横に振った。

「あの二人を雇ったのは叔父(おじ)です。余程に酷いことをしでかさなければ、ユダスさんに彼らを解雇する権限はありません。あったとしても、現状であなたに対抗できる手立ては彼らしかいないことを、ユダスさんも承知していますよ」

「あんたがいるじゃないか」

「今の僕の立場は微妙ですから。一応の容疑は晴れましたが、あなたとの繋がりが完全にシロであるか、証明されたわけではありません。戦力として当てにするには難しいところなのでしょう」

現実はこうして密会をする程度には真っ黒なのだが、あえて言うまい。

「まさか、ここまで考えて?」

「私だって全てを予想立てて動いてるわけじゃぁないんだ。さすがにそこまではないよ」

ヘクトの過剰な期待に呆れたように息を吐いてから、ラウラリスは改めてこれからの指針を頭の中で組み立てていく。とはいえ、それはここ数日潜伏している間にもずっと続けており、大体のことは決まっていた。

「ヘクト、あんたに聞きたいことがある」

「なんでしょうか」

「あんたの叔父さん、どこに行けば会える？」

「…………………」

ラウラリスの端的な問いかけに、ヘクトはしばし無言になった後に、ヒクリと頬を引きつらせた。

「……あなた、まさか」

「結局は逃げ回ってもジリ貧だからね。ここは一つ、親玉のツラを拝みにいくさ」


ラウラリスが行動を起こしたのはその日の夜であった。

星明かりだけが頼りの闇夜に紛れて、ラウラリスは誰にも見つからず無事に街の外へと脱出した。案の定、警備の数こそ多かったがそのほとんどが気の抜けたような顔をしており、それらの目を忍んで抜け出すことなど造作もない。

「待ち合わせはこの辺りか」

街から延びる分岐道の側。点在している樹木の一本によじ登ると伸びる枝葉に紛れてラウラリスは身を潜める。

この場所を指定したのはヘクトだった。

ラウラリスのあの問いかけに対して、ヘクトはすぐに答えを口にしなかった。あるいはできなかったというのが正しいか。

ヘクトの叔父(おじ)――つまりはレヴン商会の会長ともなれば日々多忙を極める。新たな商談や、国内各地にある支部の視察のために常に忙しく動き回っているという。

そんな商会長の動向を最も把握しているのは、秘書であるユダスだ。ヘクトは彼に商会長の動向を確認するため、ラウラリスに少しの時間を要求したのだ。

直前までラウラリスとの繋がりを疑われていた以上、そう簡単にユダスが情報を渡すかは疑わしいが、それはヘクトもわかっているはず。彼なりに算段は付けているのだろう。

「しかし、すんなりと承諾してくれたな」

最初こそ動揺を隠せなかったヘクトであったが、少しだけ間を置くと笑って承諾した。ラウラリスが具体的な目的を説明する前にだ。常識的に考えれば、ラウラリスが自棄(やけ)になっているようにも思えただろうに。

「話が早くて助かるけど、どうにも調子が狂うね」

ラウラリスが今世に生き返ってからというもの、ほとんどの者が見た目に惑わされる。実際にラウラリスがただの美少女ではないと理解されるには少しばかりの時間が必要だった。それは、剣姫(けんき)という名が広まり始めた今でも変わらない。

なのに、ヘクトはそれがない。

初めて出会った瞬間からこれまでずっと、ラウラリスの意図をくみ取っていく。あるいは読み取れなくとも『何かがある』というのを前提に反応する。

あの笑みの奥には果たしてどのような思惑があるのか。

「……全く別の性質（タイプ）だが、懐かしい奴を思い出すね」

ふと、脳裏に浮かび上がるのは前世の記憶。

かつて悪徳皇帝に付き従い忠誠を捧げていた腹心。

四天魔将。

帝国最強とも呼ばれていた四人。

ラウラリスはその内の一人の名を零（こぼ）す。

「崩山（ほうざん）のゲラルク。あいつもよく笑って人の話を聞いてたもんだ」

追憶――それは山をも崩す豪傑なりて

――これはかつて、大陸が戦火に包まれていた頃の一幕。

大陸全土の覇権を狙い、他国への侵攻を繰り返していたエルダヌス帝国。その悪名もさることながら、有する軍事力は抜きん出ており、もはや抗える国など存在しないとまで囁かれていた。

だが、悪しき帝国の思い通りにはさせぬと、奮起してみせる国もあった。

「此度の戦、苦戦しているみたいだね」

「ええ。相手方は地の利を生かし、数の差をものともせぬ奮迅ぶりを見せております。敵ながら見事と言えるでしょう」

高台から眼下に広がる戦場を見渡しながら語るのは、エルダヌス帝国の頂点に君臨する悪徳皇帝ラウラリス・エルダヌス。そして傍らに控えるのは四天魔将の一人、烈火のグランバルドだ。

周囲に人気はない。今回の視察は完全にお忍びであり護衛はいなかった。

国の頂点に立つものとして不用心にも思えるだろうが、この場にいるのは帝国の保有する戦力の最高峰。一騎当千では過小評価とも言えるほどの人間が二人も揃っているのだ。いらぬ心配であろう。

「細く入り組んだこの渓谷は一度に送り込める兵が限られるために数の利を生かしづらく、加えて奥には高い壁を有した堅牢な城砦。攻めるに難く守備に適した地理。これまで我が帝国の侵攻を幾度も食い止めてきました」

二人の見下ろす戦場では、グランバルドの言う通りに相手方は帝国に数で劣るが、要所要所では帝国軍を押し返す奮闘を見せている。

仮にあれらを突破するにしても、その先に待ち構えているのは難攻不落の城砦。落とすには纏まった数の部隊が同時に攻める必要があるだろう。

「それがわかってるから、相手方は地形を生かした一撃離脱を徹底し、帝国側の数を減らして城砦を攻める体力を削ってる。頭のある指揮官であれば、無理な攻めは自滅を招くと引き下がるしかない……か」

ラウラリスの言葉を証明するかのように、無理な侵攻を続けた部隊の一つが城門の前にまで辿り着くが、城壁の上から降ってきた数多の矢にあえなく壊滅的な被害を受けていた。

非常に攻めるのが難しい立地ではあるが、ここで足踏みばかりもしていられない。ゆくゆくはこの城砦を制圧し、拠点とした上で先に待ち受ける本国への侵攻が待っている。

「時間をかけりゃぁ結局は相手の体力が切れるんだろうがね……」

「ええ。それでは帝国兵と相手国に無用の血を流させることとなります」

ラウラリスがあえて濁した言葉の先を、グランバルドが引き継いだ。彼の言葉がラウラリスの本心を言い当てていたのは、彼女のしかめられた顔が証明していた。

「ご安心ください。この場には我らの他に誰もおりません。なれば……少しくらい本音を漏らしたところで誰にも聞かれませんよ」

「だからと言って、私はそれを口にしていい立場じゃないのさ。たとえ望んでいたとしてもね」

グランバルドへの視線を切ると、ラウラリスは再び戦場を見渡す。

風に乗って、舞い上がる砂煙に紛れてほのかに血臭が交じっている。今この瞬間にも、戦場で誰かが血を流し命を落としている。死にゆく者たちは怨嗟を抱きながら息絶えていくのであろう。

その全てはラウラリスが生み出したもの。彼女の抱く野望の実現のために、多くの血が大地に染み込んでいくのだ。

仕方がない——などと言うつもりは毛頭ない。そんな言葉は、父親を殺し皇帝の座を簒奪した日より自身の中から消えたのだ。

「……お、やっぱりここにいたのか」

重苦しい沈黙が横たわる中で、あまりにも空気を読まない陽気な声が聞こえてきた。

ラウラリスとグランバルドが声のした方に目を向けると、側にある木立の中から歩いてくるのは、一人の巨漢だ。

二メートル近い身の丈に、丸太のように太い腕を持ち、屈強の具現化とも呼べる体躯を全身鎧で覆っている。まさに野生を思わせる強面でありながら、今は気さくな笑みを浮かべていた。

「高みの見物とは良いご身分だな、大将」

「実際に良いご身分だしね、私。それに大将なのはお前も同じだろう」

「はっはっは。細かいことは気にするなって」

熊のような躰から発せられる豪快な笑い声は空気を震わせる。きっと、戦場の最中で発せられるその声は激しい剣戟や喧騒の中でもよく通ることであろう。

「『ゲラルク』。どうして貴様がここにいる」

「そう睨むなってグランバルド。なんとなく大将たちがこっちに来てるんじゃねぇかなって思ってな」

「相変わらず野生動物のような勘だな」

呆れたように言うグランバルドに、ゲラルクと呼ばれた男は腕を組み、やはりにやりと笑った。皮肉を込めた言葉であったはずなのだが、果たして届いたかどうか。

「いや、そもそも貴様は本隊を率いていたはずだろう。何をしているのだ」

「ああ、それか。俺が前に出ちまったらすぐにこの戦場は終わっちまうだろ。それじゃぁ下の奴らが怠けて育たねぇからな。大将たちに顔を見せに来たってのもまぁあるけどよ」

肩を竦めてから、ゲラルクはラウラリスに目を向けた。

「大将も、だからここで黙って見てるわけだろ。あんたが出張ったら、十分もせずにこの戦は終わっちまうからな」

「私は軍から退いた身だからね。下手に目立っちまったら、あんたらの立場がないだろうよ」

「天下無敵の皇帝様と戦えてむしろ士気が上がると思うがね、俺ァ」

期待交じりの笑みを浮かべる巨漢に、女帝の態度は素っ気ないものであった。

残念そうにまた肩を竦めるゲラルクに、グランバルドが言った。

「貴様のような現場を放り出す将を持って、下の者はさぞかし苦労しているだろうな」

「俺は力押ししかできねぇ馬鹿だから、出番が来るまでは大人しくしてろってその下の奴らに言われてんのさ。実際にその通りだからな。むしろ下手に俺が動くよりはこうしてブラブラしてた方があいつらも楽だろうよ」

そう答えてゲラルクは崖下の戦場を見渡すと、満足げに頷いて二人に背を向けた。

「行くのかい」

「軽く話している間に、下の戦場がいい感じに温まってきた。大将から軍を預かった手前、これ以上放っておくのもよろしくねぇからな」

ゲラルクは軽く後ろ手を振ってから、来た道を戻っていった。驚くべきは、全身を金属製の鎧で覆っていながらも足音を含めて物音をほとんどさせずに動いているのだ。彼が現れた際にラウラリスとグランバルドの反応がいささか遅れたのは、殺気がなかったのもあるが、足音一つ立てずに木立の中を歩いてきたのが大きな理由であった。

「つくづく私は不思議に思いますよ。あれで、我が帝国軍の総大将であるというのが。いえ、陛下の采配に異を唱えるつもりは毛頭ございませんが」

「案外、私は適任だと思うけどね。下の者にとやかく口出しするだけがトップの仕事じゃないさ。部下に仕事を任せるってのも、上に立つ者の度量ってやつだよ」

ゲラルクという男は、自身に足りていない部分をよく知っている。その足りない部分を委ねられる者を見定める目と度量を、彼は有していた。

「自分を馬鹿と理解できてる奴は、本当の意味で馬鹿をやらかしはしないものさ」

しばらくして、戦場の端から大きな歓声が巻き起こった。その中心に出現した新たな部隊が先陣を切ると、これまでの膠着が嘘だったかのような快進撃を見せ始める。先頭を走る騎馬の上、巨大な矛を振るう男に率いられた部隊の一気呵成の戦いぶりに、相手側の戦線が瞬く間に崩壊していく。

問うまでもなく、矛を携え猛威を振るっているのはゲラルクである。

「ああした力攻めに限れば、四天魔将を含めてあいつの右に出る者はいないねぇ」

ただ、やはり相手方の指揮官も愚かではない。帝国側の勢いが止まらないと見越すと早々に自軍へ退却の号令を出し、被害が致命的になる前に城砦へと兵を逃していく。

高い城壁に堅牢な門。攻めるのであれば入念な準備が必要だ。城門を破るための破城槌や城壁を越えるための高い櫓。それを今から用意している間に敵軍は態勢を立て直すだろう。

だが――

「これで終わりか」

「ええ、そうですね」

二人は戦の終結を確信していた。

堅牢にそびえる城門の前に、馬から下りたゲラルクが立つ。彼は矛をゆったりと構えると、一度制止する。

僅かな静寂の後に、

「────────ッッッ!!」

遠く離れた高台に立つラウラリスの元にまで轟く咆哮が戦場に響き渡る。誰も彼もが戦う手を止め、声の元へと振り向いてしまう。

ゲラルクは矛を振り抜いた。

次の瞬間、鉄壁の防御を有していた城壁はまるで紙くずのように脆く砕かれ、城砦の奥へと吹き飛ばされた。

ゲラルクは一度呼吸を整えてから、高らかに矛を掲げた。巻き起こるのは帝国軍全域からの大歓声だ。

城砦に閉じこもった敵兵たちの動揺は推し量れるがもう遅い。破られた城門から、帝国軍が一気に内部へと雪崩れ込んでいく。この瞬間に勝敗は決した。

一部始終を遠目で眺めていたラウラリスは、称賛の拍手を送っていた。

「お見事。さすがは崩山の名を冠する我が忠臣だ」

全身連帯駆動・弐式。

四つの式の中で最も膂力を発揮するに適した型。

肉体の持つ全ての要素を『力』に変換することで、常識を逸した破壊力を得る。その計り知れない膂力から発揮される一撃は、山をも崩すとさえ言われている。

故に『崩山のゲラルク』。

グランバルド、アディーネと肩を並べる帝国最強の四柱『四天魔将』の一人。ラウラリスが軍を退いた後に、帝国軍の全権を任されている男だ。

第七話　――少女は生き抜きたかった

前にも似たようなことがあったな――と、ラウラリスは山道を歩く内心に呟いた。あの時もこうして、人目を忍んで獣道を進んでいた。もっとも、以前とは状況が大分違う。自分は今、濡れ衣とはいえ手配犯であり犯罪者。前は追う側の人間であったのに今は追われる側。

ついでに言えば、同行している者も前の時は堅物(かたぶつ)で生真面目を体現したような男であったというのに。

「……僕の顔に何か？」

「不真面目を絵に描いたような顔だなと思ってね」

「それはさすがに酷くはありませんかね」

隣を見ると、そこにいるのは困ったように苦笑するヘクトだ。

――本来であれば彼は同行する予定ではなかった。

待ち合わせ地点で商会長の居場所を聞き出した時に別れるはずだったのだ。

だが彼は、あろうことか自らの同道を提案した。

最初は断ろうとしたラウラリスであったが、ヘクトがこう言ったのだ。

『僕の意図がどうあろうとも、僕を同行させるメリットなら確実にあります。違いますか？』

言われるまでもなく、ラウラリスは理解していた。

そもそもラウラリスはヘクトの叔父(おじ)であるレヴン商会の商会長に会おうと考えており、その居場所をヘクトから聞き出そうとしていた。

だが、仮に聞き出したとして、次に直面するのはどうやって商会長と直(じか)に顔を合わせるか。

世間的には一般人に過ぎないラウラリスが普通に会うのは難しい。それに加えて、手配犯になった今では尚更だ。真っ当な方法で接触するのは不可能に近い。

となればやはり、非合法な手段を取るしか選択肢はない。いつかのように屋敷に忍び込み、強引に接触を図るほかないのだが。

商会長の滞在先ともなれば、警備は厳重。いくつかの無理を通す必要が出てくる。

けれども、ヘクトが一緒であれば話は別だ。商会長の親類という立場を使えば、いくつもの手間を一気に省(はぶ)くことができる。

ただ、ラウラリスに同行するということは、ヘクトが彼女の協力者であると露見する恐れもある。もし露見(バレ)すればヘクトもお尋ね者だ。

けれども、そんなことはヘクトも承知の上で提案している。つまり、ラウラリスの意思次第。ラウラリスは悩んだ末にヘクトの同道を了承した。リスクはあろうとも現時点で事態の解決に至る最短ルートだと判断したからだ。

「いやはや、快(こころよ)く承諾してくれてありがとうございます。もし断られたらせっかくの準備が無駄になるところでした」

「どうせ断ったところで無理矢理付いてきそうな感じだったからね。だったら目の届く場所にいてくれた方が気が楽だ。やらかした時の後始末も含めて」

「これは手厳しい。ですが、そんな厳しいところにちょっぴり憧れてしまいますね、僕は」

「やめろ、気持ち悪い」

辛辣な言葉をぶつけたところで、ヘクトは笑みのままするりと受け流してしまう。あるいは本気で言っているのか。前世を含めれば八十余年を超える人生経験を持つラウラリスであっても、ヘクトはなかなかに手強い相手であった。

「ところで、考え事をしていた様子ですが」

「前に似たようなことがあったなって思い出しただけだよ」

「ああ、ケインと共に『亡国』の幹部を捕まえようとした件ですね」

当たり障りのない言葉を選んだつもりだったが、ヘクトの返しは少し予想と違っていた。

「その顔、ズバリ的中ですね」

「その決め顔がなけりゃぁすんなりと驚いてやれたんだがね。ケインと顔見知りのようだけど、具体的にはどんな関係なんだい」

「彼とはまぁ……仕事上で持ちつ持たれつといったところですか。おかげで多少の我儘も聞いてもらえる次第で。この前のパーティーに関しては釘を刺されてしまいましたが」

「そういえば、あんたの差し金だったね、アレは」

ケインの顔を立てるために渋々参加した催しではあったが、この状況はあれから始まったと言っても過言ではないだろう。

全てはヘクトとの接触から始まっている。

ふと、ラウラリスはヘクトと初めて会った時のことを思い出す。

「ヘクト、この際だから聞いちまうが――」

ラウラリスは言葉を途切れさせると、鋭い視線を獣道の奥へと投げる。

「話は後で。どうやらお客が来てしまったようですね」

既に斧槍を引き抜いたヘクトが、ラウラリスと同じ方向を向いていた。笑みは相変わらずながら、遊びを感じさせない真剣味を帯びている。さすがは本職のハンターだけあり、ラウラリスと同じものを即座に察知していたのだろう。

追われる身であるラウラリスが人の通る街道を進むのは非常にリスクが高い。そのために人通りのない野生の道――獣道を使っていたのだが、そうなれば当然、獣の縄張りに侵入することになる。ラウラリスたちはその内側に足を踏み入れていたわけだ。

やがて、姿を現したのは巨大な猪。しかしただの猪でないのは明白。通常の猪は雄であれば口の両端から発達した牙が上に伸びるように生えているものだが、現れた猪は違う。牙は片方しかないもの、その牙はまっすぐ正面を向いており、さながら戦場を駆ける騎兵が携える突撃槍を彷彿させた。

――付いた名前が撃槍猪。危険種に認定されている動物だ。

「一応、生息域は確認されているので、そのギリギリ外を進んでいたつもりなんですが……」

「旅ってのは往々にしてそういうもんだろうさ」

自然というのは人間がいくら予想を立てたところで、平気でその上を行くものである。この程度であればむしろ、笑って済ませてしまっても良いレベルだ。

ただし、それはラウラリスたちにとってである。一般の旅人が出会えば絶望的な状況だ。

「————ッッ」

ラウラリスとヘクトを完全に敵と定めたのだろう、獰猛(どうもう)な叫びを発した撃槍猪(ランスボア)が後ろ足を蹴ったと思えば、両者は左右に飛び退く。

次の瞬間、彼らがいた場所を剛風が駆け抜け、延長上にあった木に激突。人間の胴体よりもさらに太い木の幹が容易(たやす)くへし折れ、枝葉の折れる音を響かせながら地に倒れた。

「おお、怖い怖い。直撃したら一撃で死ぬか」

「通常の撃槍猪(ランスボア)の討伐推奨は銅級(ブロンズ)相当ですが、あの巨体だと銀級(シルバー)かもしれませんね」

「やれやれ、面倒なこった」

会話の内容とは裏腹に交わされる口調は軽いものだ。そんな二人を、振り向いた大猪の殺意の濃い視線が射貫(いぬ)く。

撃槍猪(ランスボア)の生態はほとんど野生の猪と変わりないが、非常に獰猛(どうもう)なことでよく知られていた。一度目を付けられれば、標的の息の根が止まるまで地の果てでも追いかけその鋭い牙で貫かんとする。

加えて、脚力は短い距離に限れば馬を超えるほどに速い。そこから繰り出される牙の刺突を食らえば、人間など容易(たやす)く物言わぬ肉の塊(かたまり)と化すだろう。

一般人が遭遇すれば絶望的。ハンターであっても冷や汗を掻くほどの危機的状況であるはずだが、この場に居合わせた二人はそんな生易しいものではなかった。

「とりあえず、今日の晩飯はアレで決まりだな」

「撃槍猪（ランスボア）の肉は貴族の間でも珍味と評判ですから。癖はありますがそれがまたなかなかに美味（うま）い」

「よし、やる気出てきた」

ラウラリスもヘクトも、予期せぬ問題（ハプニング）ではなく、出来事と言わんばかりの意気揚々（いきようよう）具合であった。

「鍋でもあればシチューにしてしまおうかと思っていたのですが……」

「いや、普通の焼きでも美味（うま）いよこれは。軽い味付けだけでも十分だ」

「僕としては、どうして荷物の中にあそこまで香辛料が揃っていたのかが不思議ですよ」

「前にちょっとしたことがあってね。それ以降、調味料の類（たぐ）いは常に揃えるようにしてるのさ」

油の滴（したた）る焼きたての肉を頬張るラウラリスとヘクト。肉は当然、昼間に仕留めたばかりの撃槍猪（ランスボア）だ。

二人の手にかかれば、銀級（シルバー）相当の危険種であろうともただの晩飯の材料に等しかった。特に危うげな場面もなく、共に無傷で仕留めることができた。

「しかし、あのでかさの撃槍猪（ランスボア）は銀級（シルバー）相当って話じゃないか。依頼として受けられりゃぁ、結構な報酬になっただろうに」

夕食の分と燻（いぶ）して保存食にする分を除き、狩った撃槍猪（ランスボア）の死骸は全て埋めてしまった。大きく発達した牙を納品できればかなりの額になったであろうに。

「依頼が貼り出されていれば、そうなりますね。とはいえ、僕の場合は副業もありますし、金自体には困っていないのでそれほど惜しくもありませんよ」

「ハンターってのは向上心というか、野心ってぇのが強いと思ってたが、あんたはそういった風ではないよな」

　あのグスコでさえ――というのも妙な言い方かもしれないが、以降の活動を考えて貴族との繋がりを持とうとしていた。つまり、ハンターとしてさらに上を目指そうという気概があるのだ。この男は、ハンターが本業と口にしている割にはその辺りの貪欲さがあまり見受けられなかった。

「食べていくだけなら銀級（シルバー）の依頼で得られる報酬でどうにかなりますし、それより上となると危険度が跳ね上がりますからね。その類（たぐ）いの依頼が出てこないというのもありますけど」

　ハンターを長く続けている人間ほど、己の力量を顧（かえり）みて無理ない範囲で依頼をこなし、徐々に蓄（たくわ）えをしていく。肉体のピークを迎え、限界を悟ったところで満を持して引退という流れだ。

「特に銅級（ブロンズ）で長く揉（も）まれた人は、銀級（シルバー）を最終目標に見据える場合が多いですね。命あっての物種ですし」

「むしろ、トントン拍子で昇格していく奴が金級（ゴールド）とかになっていくのかねぇ」

「若さ故（ゆえ）の向こう見ずというやつですね、やっぱり。僕もハンターの中では若年でしょうけど、ハンターになったばかりの頃のように進んで危険な依頼に首を突っ込む気にはもうなれませんから」

「そんなもんか」

気のない相槌をうってから、思い立ったようにラウラリスはヘクトに問いかけた。

「興味本位で聞くけど、ハンターにおける金級への昇格ってどのくらいの実績が必要なんだい？」

「そうですねぇ……。総合評価なので一概には言えませんけど。危険種の竜を一匹、単独で制圧できるくらいの実力があれば、金級への昇格は間違いありません」

「竜かぁ……。一言で竜つってもピンキリだろうけど」

「ラウラリスさんが倒した飼い殺しの竜。あれが危険種としての本領を発揮していた場合を考えていただければ、妥当かと思いますよ」

「ああ、それならわかりやすい」

もしヘクトの言う通り、危険種として十全な能力を有した竜であれば、あの場に居合わせた銀級ハンターで総力戦をしてやっとといったところであろう。つまり、金級になるには一人でそれほどまでの頂に登り詰める必要がある。

「ですので、現在確認できる金級のハンターは、全ギルドを探しても百人に満たないとされています」

「竜ってのは本来、未開拓地域の奥に住んでるような奴だしねぇ。実力はあっても、金級に昇格できるほどの実績を積むのも一苦労だ」

「もしラウラリスさんがハンターになれば、すぐに金級までいけてしまいそうですけどね」

「冗談はよしとくれよ。面倒は今の状況だけで十分だっての」

余計なシガラミを避けたくてハンターの道を選ばなかったラウラリスだが、結局は別の形で面倒が降りかかる。少し前は『それもまた人生』と前向きに捉えようとしたけれど、それにしたって良し悪しはあるだろう。

「そういえば、ラウラリスさん。撃槍猪（ランスボア）が襲ってくる直前に、何か言いかけていましたが……」

「覚えていたのか。いや、大したことじゃぁないが」

ラウラリスはメラメラと燃える火を眺めてから、改めて口を開いた。

「商会のお坊ちゃんが何でわざわざハンターなんて危険な職をしているのか、ちょいと気になってね」

「ああなるほど。その辺りのことは結構聞かれますね。金持ちの道楽かって」

「実際のところはどうなんだい？」

単なる趣味にしては、ヘクトの立ち回りはまさしく熟練者のそれだ。片手間で身につくような技術ではない。

「……実はこう見えて、子供の頃は外に出て走り回るよりは、家の中で本を読んでいる方が好きだったんですよ」

親がレヴン商会の幹部であるだけに、ヘクトの家には大陸各所から様々な品が集まる。当然、その中には書物の類（たぐ）いも多くあった。

「家にあった本はあらかた読み尽くしましたよ。歴史書、哲学書、宗教書、料理本。とにかく字が書いてあるものであれば何でもね」

「まさしく本の虫だねぇ」

「親父殿にもよく言われましたよ。もっとも、やがては商会の運営に関わる者として、知識が豊富なのは悪いことではないと、存分に書物の山に埋もれさせてくれていましたよ」

だが、ある日、彼に一つの転機が訪れた。

「家の本を全て読み終えたと思っていたら、棚の片隅に古ぼけた本を見つけたんですよ」

それは、とある冒険家が自身の半生を記した日誌であった。

十冊にも及ぶ日誌に、ヘクトはこれまで読んできたどの本よりものめり込んだ。まさに寝食を忘れて読み耽ってしまった。

「そんなに面白かったのかい？」

「冒険譚や創作の類いはそれまで何冊も読んできましたが、あの日誌に並ぶものはありませんでした。一行一文を読み進めるたびに心が躍り、胸が熱くなったものです」

当時のことを懐かしんでいるのか、ヘクトは目を瞑る。

それからだ、ヘクトが外の世界に興味を抱き始めたのは。ただ家の中で知識を溜め込むのではない。己の足で家の外に歩き出し、様々なものに触れ、感じ、味わいたいと、強く願い始めた。

あの日誌を書いた人物と同じように。

とはいえ、本当に冒険家になるわけにもいかない。その程度はヘクトも分別があった。そこで選んだのが、仕事として各所に出向くことになるハンターであった。

「幸いかどうかはちょっとわかりませんが、親父殿は仕事でよく家を空けてましたからね。商人の勉強はしつつも内緒で躰を鍛えて、時期を見計らってハンターギルドに赴きました」

こうしてヘクトはハンターになった。

その頃になると父親（ヘイルズ）に商人としての仕事を任されるようになっていた。それでも、しばらくの間はハンターになったことは露見せず、商人とハンターの二足の草鞋（わらじ）を履き続けることとなった。

「でもある日、狩った危険種の素材を商人に直接納品することになりまして。ギルドの応接間に赴（おもむ）いたら、何と親父殿がいたんですよ。いやぁ、あれには驚きました」

なお、ヘイルズの方も息子がハンター活動を行っていることは全く知らずにいたようで、親子揃って仰天したのだと。

「で、紆余曲折（うよきょくせつ）を経（へ）まして。ハンターとしてのフットワークの軽さを利用して、ある程度好きに動いていいから、呼び出された時には紹介された仕事をしろと」

「意外と話のわかる親父さんじゃないか」

「いえいえ、結局は叔父（おじ）さんが口添えしてくれたからなんですけどね。でなければ、僕は家を出るしかなかったかもしれません」

実際のところは、親子間で揉（も）めに揉（も）めたらしい。商会長が妥協案を出していなければ、ヘクトは本当に実家を飛び出しハンター業一本で生計を立てることになっていただろう。

「――とまぁ、僕がハンターになった経緯はこんなところですよ」

「本の虫だった奴をそこまで熱中させた日誌ってのに、少しばかり興味が出てくるね」

「もし機会があれば是非にお見せしましょう。きっと堪能（たんのう）していただけると思います」

長い話を終えたヘクトは小さく息を吐く。

「そうだラウラリスさん。今の話のお礼にと言うわけではありませんが、僕の疑問にもお答えいただいてもよろしいでしょうか」

「疑問の内容にもよるが、何を聞きたいんだい？」

「このご時世、剣の腕だけで生計を立てようとするならハンターになるのが一番手っ取り早い。あとは国の兵士になるか貴族のお抱えになるか――」

「前置きが長いよ。さっさと本題に入りな」

「少しばかり不思議に思いまして。あなたはその強さを得てどこを目指しているのかと」

それはある意味、普通の人間がラウラリスに抱くもっともな疑問であろう。

しばしの間を置いた後、ラウラリスは訥々と語り出した。

「……別に、元からここまで強くなろうとか、そんなことは考えちゃいなかったよ。必要に駆られてガムシャラにやってたら、いつの間にかなってやつだよ」

「まるで戦時を生き抜いてきた人のような言葉ですね」

「それなりの数の修羅場はくぐってんのさ」

パチパチと木が弾ける音を聞き、燃えさかる炎をボンヤリと眺めながら、ラウラリスは語る。

「小さい頃は躰が弱くてねぇ。歩くのにも誰かの助けが必要なくらいで、まさしく貧弱を絵に描いたようなもやしだったよ」

「今の姿からは、とてもそんな光景は想像できませんよ」

「まぁでも、もやしなりに人並みの人生を歩みたいとは思ってね。……あの頃は何よりも、生きることに必死だったのさ」

ヘクトに内容をぼやかした説明をしつつ、ラウラリスの頭の中には己の半生が過(よぎ)っていく。

——ラウラリス・エルダヌスは悪帝ベルディアスの何番目かの娘としてこの世に生を享(う)けた。具体的な順番がわからないのは、そのくらい大量の兄弟姉妹がいたからだ。

何せ腐敗極まっていようとも、父親は当時は絶大な力を誇っていたエルダヌス帝国の頂点だ。少しでも皇帝にすり寄ろうと我が娘を送り込み、縁を作ろうとした貴族は数知れず。皇帝も皇帝で暗愚に恥じぬ女好きの一面があり、手当たり次第に種を植えていたわけだ。

もっとも、ラウラリスが二十歳を迎える前には半数近くに減っていた。皇帝は種を植え付けはしたがそれを慈(いつく)しむことは全くなかった。興味がなかったというよりも、己の権力が育った子に脅(おびや)かされるのを嫌っていたのかもしれない。

当人たちの意思にかかわらず跡目争いが日々行われており、毒殺や暗殺というのは日常茶飯事(にちじょうさはんじ)だった。

(私は生まれつき躰(からだ)が弱かった。医者には、二十歳まで生きていられりゃ御の字って言われるくらいにね)

歩くこともままならず車椅子を自分で動かすこともできない。生活の大半は、誰かの補助が必要であった。末端とはいえ皇族の生まれでなければ、おそらく生きていくことすら不可能であっただろう。

そんなラウラリスに母親の記憶はない。彼女の母は娘を産んだ時に亡くなった。一説によれば、権力争いの陰謀が絡んでいたという。

彼女は、物心が付いた頃から誰に言われるでもなく己が危ない立場にあることを理解していた。ラウラリスは誰よりも弱い躰でありながら、誰よりも聡明であった。

それこそ、このままでは医者の言う二十歳に届く前に殺されるかもしれないという危機感を抱くほどに。

しかし、ラウラリスの母は皇帝がどこからか見初めた女で、どこかの貴族の出というわけでもなかった。そのために、産まれた時に母を失ったラウラリスには後ろ盾がなかったのだ。

だからラウラリスは、己の身を守れるのは自分自身しかいないと早々に悟ったのだ。それから彼女は、身の回りの世話をする信頼できる一部の人間を除き、誰にも知られることのないように己の躰を鍛え始めた。命を狙われた時に自衛ができるように。

（難儀だったよ本当に。腕の一本を動かすにも全身の力を使うくらいだったからね）

最初の数年はまるで成果がなかった。元々が貧弱な上に少女の躰だ。一時間もせずに体力を使い切り、数日間は疲労で起き上がれなかった。

だがその虚脱な体質が彼女を権力争いの渦から逃れさせる要因になった。放っておいても死ぬような女一人に構っている暇があれば、他の有力な跡目候補に注意を向けていた方が建設的だったのだろう。

変化が訪れたのは、ラウラリスが十歳になった頃。

前触れがあったわけでも、きっかけがあったわけでもない。

ある日、彼女の中で軋んで動かなかった歯車が、カチリと噛み合ったのだ。

一つの動作に全身の力を用いる必要があるならば、最初から全身の力を使って一つの動作を行えば良い……と。

まるで言葉遊びのような意識の差異。けれどもそれは、彼女の後の人生に大きな影響を与えることとなる。

――これが、全身連帯駆動の原初。

それは強さを得るために生じたものではなかった。ラウラリスが己の力で生き残るために培われたものだったのだ。

元々、全身を使ってようやく片腕を動かすような生活を強いられていた彼女にとって、意識的に全身を扱うことは難しくなかった。皮肉なことに、それまでの虚脱体質による不便が、通常は困難極まりないそれらを可能としていたのだ。あるいは、肉体的不利が解消されたことによって、彼女が生まれつきに有していた才能が開花を始めたのかもしれない。

一年後には誰の介助もなく歩くことができるようになり、さらに一年後には外を自由に走り回ることすら可能になっていた。二十歳まで生きられないとされていた肉体は、誰よりも健康な肉体へと見事な成長を遂げたのだ。

躰の自由を得て、ラウラリスの意識は、己の身を案ずることからさらに一歩外側へと向かうようになっていった。権力争いの渦中から、もっと大局的な視点を持ったのだ。

徐々に、ラウラリスは抱き始めるようになっていた。このままでは、エルダヌス帝国が遠からず内側と外側から腐り墜ちてしまうという大きな予感を。

ラウラリスたちが歩く道は人の手入れがされていない山や森の中。開(ひら)けた場所や街道を歩けば人目につきやすいのだから当然だ。

つまりは、人目を避けたい存在が集まりやすい場所でもある。

当然、その手の輩(やから)と遭遇しやすいわけで。

「――？」

山道に入ってからしばしの日数が経過した頃。夜半に保存していた撃槍猪(ランスボア)の肉を火で炙(あぶ)っていたところだ。串代わりの枝に刺し、油が滴(したた)るまでじっくりとほどよく焼けた肉を齧(かじ)っていたラウラリスが顔を上げる。モゴモゴと口を動かし、肉の旨味を絞り出しながら辺りを見回す。

「ラウラリスさん、もう少し緊張感を持ちませんか？」

焚(た)き火を隔(へだ)てて正面に座っていたヘクトは暢気なラウラリスに呆れていた。どうやら彼も状況を把握しているようだ。もっとも、そのぐらいでなければラウラリスが彼の同行を許可することもなかっただろう。

ほどもなくして、二人を取り巻く茂みが荒々しく揺れ動く。姿を現したのは、十数名からなる武装した男たち。姿は見えずとも、奥にさらに数がいるのが気配でわかった。

「夜分遅くに申し訳ないがお兄さんがた、少しばかり恵んでもらえんかね。とりあえず、有金を全部」

現れた中の一人——山賊の男が丁寧でありながら物騒な願いを口にする。片手に剣を持つその男はヘクトを一瞥し、次にラウラリスを見る。山の中で拝むには上等すぎる容姿に頬がニヤけていた。他の者たちも同じくである。実にわかりやすい反応だ。

「それと、そちらのお嬢さんは一緒に付いてきてもらおう。兄ちゃんの方は身ぐるみを全部置いてどこかに消えてもらおう。抵抗しなければ殺しはしない」

ヘクトがやれやれと溜息をつく中、ラウラリスは興味を失ったのか、焚き火の側に刺した串刺しの肉をじっと眺める。そして、時折引き抜き、肉を美味しそうに咀嚼していた。

最初に口を開いた男は最初こそにやけていたが、ラウラリスたちから全く反応がないことに苛立ちを感じ始める。

「おい、聞いて——」

眉間に皺を寄せた男がラウラリスに向けて手を伸ばそうとするが、唐突に頭に衝撃が伝わった。同時に、視界の右半分が真っ暗になる。左半分は焚き火の明かりが灯っているのに。

何事かと、自身の顔に手を触れてみれば——

「へ？　な……なんだ……こ、これ……ど、どうなってやがるんだ？」

男はこの時になって、己の右目から棒状のものが生えていることに気がついた。声が震えているのは、あまりにも呆気なく片目が潰されたことに現実感を抱けていないから。あるいは、受け入れ難い事実から目を逸らしたいからか。残念ながら、逸らす目の片割れは永遠に失われたようだった。

「目……お、俺の……目、目がぁぁぁぁっっ⁉」

山賊の絶叫が響く中、ハッとなったヘクトがラウラリスの方を向くと、彼女は相変わらず肉をモゴモゴと味わっている最中。けれども右手は何かを投げた形を取っていた。ヘクトは、男の右目に突き刺さったのが、直前まで肉を焼くために使っていた串であるとわかった。

仲間の一人が情けない悲鳴を上げたことで、ラウラリスが何かしたということだけは伝わったのだろう。傍観していた他の者たちが各々の武器を手に駆け寄ってくる。

が、残り数歩でラウラリスに武器が届くかという距離まで近付くと、誰もが悲鳴を上げて後ずさる。ある者は首筋を。ある者は手首を。ある者は足を。唐突に訪れた痛みに足を止めてしまう。

よくよく見れば、山賊たちが痛み苦しんでいる部位には、もれなく串が突き刺さっている。ラウラリスが肉を食べ終えた側から空になった串を次々に投げ放っているのだ。

驚くべきは、視線はほぼ肉の焼き加減に向けているというのに、この暗がりの中で視界の端っこに映る山賊たちの位置を正確に把握していること。加えて、革鎧や手甲の部位を避け、肌が剥き出しであったり防御が手薄だったりする部位を確実に射貫いていることだ。

山賊たちが痛みに悶える中、ラウラリスだけは焼きたての肉が醸し出す旨味にほくほく顔である。非常にシュールな光景に、本来であるなら武器を手に戦いを始めなければいけないところ、ヘクトは動きに迷ってしまう。下手に動くとラウラリスの串に間違って射貫かれそうという気持ちもあった。

なお、ラウラリスが次々と串を投げているということは、当然だが焼いた肉からどんどんと引き抜いているわけで、つまりは山賊が悲鳴を上げる度に焼けた肉がラウラリスの胃袋に収まっているわけでもある。

ヘクトが気がついた時には、焼いていた肉の大半は、ラウラリスが綺麗に平らげてしまっていた。

「あ、僕のお肉……」

「ふぅ、ご馳走様」

移動中の数少ない楽しみを失いしょげるヘクト。一方で食材となり、生きる糧となってくれた肉に礼を述べるラウラリス。正当防衛とはいえ、命を消費したことには変わりない。

「――さて、と」

感謝の念を抱いてから辺りをぐるりと見回せば、串が突き刺さった痛みに呻く者と、こちらを警戒してじっと見据えてくる者が半々ほど。

「根性がない奴らだねぇ。そこは多少の負傷は覚悟で突っ込んでくるところだろう」

「ラウラリスさん、襲われる側なのにダメ出しするのはどうかと思います」

肉を逃したショックから立ち直ったヘクトが思わず突っ込んでしまうが、ラウラリスは「ふんっ」と鼻を鳴らした。

「あまりにも情けないから、ついつい口が出ちまったよ。私の知る山賊ってのは、もっと骨がある奴らだったもんでね」

よっこらせ、と膝に手をついて立ち上がると、山賊の間を縫って歩き出す。それこそ手を伸ばせば触れられる距離であるのに、誰一人として動けない。この場の雰囲気は完全にラウラリスに支配されていたからだ。

彼女は木に立てかけてあった長剣を一息に持ち上げて肩に担ぐ。

「んじゃまぁ、残りもさっさと片付けるとするか」

この時になってようやく山賊たちは思い知ることになる。

危険種以上に恐ろしい存在に手を出してしまった事実を。

瞬(またた)く間に全ての山賊を無力化したラウラリス。ヘクトがしたことといえば、縄で山賊たちの腕を縛り上げた程度だ。手持ちの縄では足りなかったので、山賊たちが持っていたものも使用した。おそらく捕まえた旅人や何某(なにがし)を拘束(こうそく)するためのものだろう。それで自分たちが拘束(こうそく)されてしまうのだから笑い話にしかならない。

「で、こいつらをどうしたもんかね」

腕を縛り上げられて座り込む男たちを前に、ラウラリスは困ったように頭を傾ける。とても可愛らしい仕草であるが、直前まで泣きを入れる男たちをボコボコにしていたのだから本当に恐ろしい話だ。

「……僕の記憶違いでなければ、こいつらはギルドで手配書が回っていた札付きだったと思います。ギルドに連れていけば報奨金がもらえますが」

「今の私らの状況はわかってるだろ」

「ですよねぇ」

非常に不本意で遺憾ながら、ラウラリスの立場は縛られている山賊たちと同じ位置にある。のこのことギルドに赴けば、山賊と一緒にラウラリスまでお縄についてしまう。いつものようにギルドに連れていくわけにもいかなかった。

「ああでも、あんたはとりあえずは潔白ってことになってるだろ。だったらあんたがこいつらを連れてけば何も問題はない。報酬の取り分は五分五分でいいよ。手間賃込みだ」

「……さりげなく面倒事を僕に押し付けようとしてません？」

「どでかい面倒事を引っ張ってきたんだ。このくらいは勘定の範囲内だろ」

ラウラリスにズバリと指摘され、ヘクトが「うへぇ」と不満を露わにする。

「は、ははははは」

二人の会話を側で聞いていた山賊の一人がくぐもった声で笑い出した。くぐもっているのは顔が変形するまでラウラリスに鞘で殴られたからである。

「うわっ、なんだい急に笑い出して。……ちょっと頭を強く打ちすぎたか」

「ちょっとどころではなく、かなりの間違いではないかと」

やりすぎて精神がおかしくなってしまったかと危惧する二人に、笑った山賊が痛みに顔を引きつらせながら口を動かした。

「よくよく顔を見ればなんだ、今まさに指名手配中の剣姫様じゃねぇか」

「私の手配書、ここまで届いてるのかい」

これだけの数がいるのだ。ギルドや警備隊に顔の割れていない者が一人や二人くらいはいるだろうし、そいつらが街に下りて買い出しをしたりもする。おそらくその時に手に入れた手配書を持ち寄って、他の仲間に見せたのだ。

「いやぁ失敗した。あの剣姫はでかい剣を背負ってるって聞いてたから最初は気がつかなかったよ。わかってりゃぁ絶対に手は出さなかったってのによ」

いつの間にか余裕さえ取り戻し始めた山賊に、ラウラリスは眉をひそめる。

「なぁ、ここは一つ、見逃しちゃくれねぇか?」

何を言い出すんだこいつは、とラウラリスとヘクトは思わず顔を見合わせてしまう。彼女たちの様子を尻目に山賊はさらに続ける。

「俺たちをここで解放してくれるってんなら、あんたらのことは誰にも喋らずにいてやるよ。悪い話じゃないだろ?」

逆を言えば、ヘクトが単独で山賊をギルドに引き渡したとしたら、山賊はラウラリスを見つけた事実を暴露するつもりだ。山賊の吐く言葉が信用されるかは不明だが、苦し紛(まぎ)れで叫ぶには妙だと思われるだろう。しかもラウラリスにかけられた賞金はかなりの額だ。真偽を確かめるため、少なからずのハンターが捜索に乗り出すのは想像に難くない。

先程まで悲愴感を漂(ただよ)わせていた山賊たちだったが、仲間の放った言葉で優位を感じ始めたのか、どこからともなく笑い声が聞こえてくる。

どうやら、彼らは致命的な間違いに気がついていなかった。

「やれやれまったく」

心底呆れた溜息をついたラウラリスは背中の柄に手を伸ばすと、一息に引き抜いた。

――ヒュンッ！

「はははは……は？」

一陣の風が吹き抜け、その直後に笑っていた山賊の一人がポカンと口を開くと――コロリと首から頭が転げ落ちた。首の断面から勢いよく生温かい鮮血が噴き出し、付近にいる山賊たちの頭上に降り注いだ。

「勘違いしてるようだから言っとくが、お前らを生かしてたのはいつもの癖だ。皆殺しにすれば、全員分の首を持ち帰るのが手間なのでな」

人を殺した直後とは思えない軽い口ぶり。どころか、今しがた命を奪った相手を『人』と認識していないのではとすら感じさせるほどだ。まさしく冷酷非道そのものの言葉。

「私の居場所を密告するのであれば仕方がない。貴様ら全員、ここで死んでもらおうか。ああ、安心するがいい。死体は山の獣が綺麗に平らげてくれる。よかったではないか、最後に自然の糧になれて。人様に迷惑をかけてた貴様らができる最後の善行だ」

「ひ、ひぃぃぃぃぃっっ⁉」

仲間の血を浴びて真っ赤になった山賊たちが、心の奥底から悲鳴を上げる。ラウラリスの言っていることが全て冗談ではなく本気であると、ここにきてようやく悟ったのだ。我先にとラウラリスから離れようとするが皆が腰を抜かしており身動きが取れない。

「ただ、私にも多少なりとも慈悲の心はある」

涙を目に浮かべ始める山賊の正面に剣を突き立てるラウラリス。あまりの恐怖に山賊たちの顔は引きつり、ぐしゃぐしゃに歪(ゆが)んでいた。

「一つ。今すぐにアジトに戻り、溜め込んだ宝をかき集めろ。二つ、集めた宝を持ってギルドに自首しろ。三つ、私らのことを墓の下に行くまで誰にも喋るな。この三つを守れるというのならば、命だけは見逃してやる」

この時にラウラリスが浮かべた笑みは、山賊たちにとってはまさしく『死』の具現化であっただろう。意識を手放せればどれほど楽であったかと、誰もが感じたはずだ。

「貴様らの顔は全員覚えたぞ。悪人の顔を覚えるのは大の得意でな。これ以降、もしも貴様らの悪行がほんのかすかにでも耳に入ったり、私に追手が来たりするようなことがあれば、たとえギルドの牢屋にいようが難攻不落の監獄に閉じ込められていようが、地の果ての果てまで追いかけ、思いつく限りの苦痛を与えた末に貴様らを皆殺しにする。必ずだ」

首振り人形のように激しく首を縦に振る山賊たちを見渡し、ラウラリスは剣を鞘(さや)に収めた。

「……これではどちらが無法者か、わかったもんじゃありませんね」

あまりにも酷すぎる一部始終を間近で見せられたヘクトは、処刑前の罪人さながらに項垂(うなだ)れる山賊たちに僅かばかりの同情を抱いてしまうのであった。

第九話　踊り踊るババァ

徹底的に山賊を脅しつけた後、ラウラリスたちは再び移動を開始した。

途中、一度も追手らしきハンターの気配が感じられなかったことから、どうやら山賊たちはラウラリスの言いつけをきっちり守ったようだ。

おかげで、当初の予定よりも幾日か早い段階で目的の街に到着。

いよいよレヴン商会のトップと顔を合わせる時が来たと思いきや、そうすんなりとことは運ばなかった。

「短期間で二度もこんな場所に来るとはね」

腕を組み険しい表情を浮かべるラウラリスが隣のヘクトを見据える。

「僕としては、あなたと参加できて嬉しいですけどね」

二人がいるのは、煌びやかなパーティーの会場だ。来賓の多くは各所から招待された貴族や、平民ではあるものの有力な商人たちだ。

ヘクトが商会長である叔父の居場所を確認したのは半月前。正確には、確認してから半月後の時点でこの街を商談で訪れているというものだ。

移動中は当然だが新たな情報を得られなかったために、最悪の場合は商会長の予定が変わって既に街を去っていることも考えられた。が、街に到着するなりヘクトが支部で確認すると、商会長の所在はここで間違いないとわかった。

ただ別の問題が発生してしまった。どうにも、商会長の行っていた商談であるが、思っていたよりもスムーズに成立し、あと数日もすればこの街を出立するらしいのだ。

もしこの機会を逃せば後々が面倒になる。ヘクト曰く、この後は直接本店の方に戻るようだが、警備の堅さは最上級。本職の人間ですら躊躇ってしまうほどの厳重さだという。

考えあぐねるラウラリスに、ヘクトが新たな提案を出した。

商会長は本店に戻る前に、取引相手であった貴族が主催するパーティーに参加すると。

この時点でラウラリスは盛大に顔をしかめることになる。

つまりは、その貴族のパーティーに潜入し、商会長と接触しろというものだ。

「……あんた、最初からこうなると踏んでただろう」

「おや、どうしてまた」

「衣装の手配から馬車の用意までの段取りが早すぎる。街に着いてたかだか数日でできるはずがないだろ」

「僕の叔父はやり手ですからね。聞き出した予定よりも早い段階で商談が終わるのではと考えていまして」

ラウラリスの今の装いは、夜会用のドレス姿。しかもご丁寧に、領主に招待された時に纏っていたものとはまた違ったデザインのもの。今回もしっかりと、背中にある傷が隠されている。

　他に選択肢もなく、仕方がなしにパーティーへの参加を承諾したラウラリス。彼女の返事を聞いたヘクトは満足げに頷くと、パチンと指を鳴らす。途端、扉を開け放ち部屋に雪崩れ込んできたのは、以前に彼が手配した仕立屋の女たちだった。ご丁寧に、ラウラリスの採寸を完璧に想定した衣装を持参してだ。これにはさすがにラウラリスも驚いた。

「手回しが良すぎるってもの。偶然にあの子たちがこの街にいた、なんて戯れ言を信じるほど私は正直者じゃぁないよ」

「念のために、街道側から急ぎで移動するようにお願いしていたんですよ。馬車の手配も含めてね。ああもちろん、要不要にかかわらずその辺りの経費や手間賃は払っているのでご安心を。ただ働きをさせるのは、副業とはいえ商人にあるまじき行いなので」

「問題はそこじゃぁない。いや、それもかなりびっくりしたけど。私はこれでも手配犯なんだが、犯罪者の衣装を作ることに対してはどうなんだい」

「あの人たち、綺麗な人を美しく飾ることができれば、他は些事と切り捨てていますから」

「職人気質か……衣装を見繕う手間が省けたのはいいんだがね」

　かなりの突貫作業だったであろうに、彼女たちの仕事の成果は完璧であった。衣装の出来はラウラリスも思わず唸るほどに完璧だ。

「改めて依頼を出したら、皆さんもの凄い乗り気で。馬車の中で準備を進めて、この街の空き家を借りて一気に仕上げたらしいですよ」

　仕立て屋の全員が、目元にくっきりと深い隈を残しながら、瞳にはギンギンに力強い光を宿しているのは異様な光景であった。連日の徹夜でかなりテンションがおかしくなっていたのはそういうわけだったのか。

「しかも、こんなのまで用意する始末だ。準備が良すぎるっての」

今のラウラリスの髪の色は白色ではなく煌(きら)びやかな金髪。カツラの類(たぐ)いではなく地毛の色が変化したもので、彼女が首から下げているペンダントの効果だ。ヘクトがお忍びでよそ様のパーティーに忍び込む時に使用する呪具であり、効果は髪の色を変化させるというものだ。シンプルな効果ではあるが、こうした人が大量に居合わせる現場で使えば、別人を気取るには結構有用である。

おかげで、普段のポニーテイルを解いた金髪の美少女をラウラリスと認識する者は一人としていない。あまりの美しさに目を惹かれる者はいても、ただ通り過ぎていくだけだ。


パーティーとは、お題目を変えようとも結局流れはどこも似たり寄ったりだ。テーブルには片手で摘まめるような料理が揃い、高級そうな酒がグラスに注がれ、それらを手に腹の奥に一つも二つも思惑を抱えた参加客たちが表面上の談笑をする。

ラウラリスにとっても、見慣れた光景ではあったが。

「なんだか、似たような格好の女が多いね」

「どうやら、社交界の婦女子の間では今、とあるドレスが大流行していまして」

ワイングラスを片手に答えるヘクト。そこにいるだけで絵になるような美丈夫であり、パーティーの参加者には彼の素性を知る者もいるはずだ。そんな人間が隣にいては、いくらラウラリスが美しかろうと声をかけるのは躊躇われるのだろう。

あるいは彼が目当てであろうとも、やはり隣に見慣れぬ美女がいれば声もかけづらくなるに違いない。

　この手のパーティーに参加する女性の装いは、胸元が大きく開いていたり、背中が露わだったりと、案外露出が多かったりする。特にそれは未婚の女性だとよりその傾向が強い。

　こういった場は、上流階級の交流の場であると同時に、女性たちが『相手』を見つける場でもあったりする。自らの美貌を売り込もうと必死なのだ。特に、貴族階級の次女三女辺りは、割と死活問題である。

　こうした場で殿方に見初められなければ、親が決めた相手と結婚させられるのが当たり前だからだ。もっとも、男性の目にとまったところで、その人物の家格如何で一夜の夢幻となる場合もあるが、それはともかく。

　そんな事情もあり己の若さや美貌を見せつける格好の機会である社交の場であるが、今夜は少しばかり毛並みが違う。

　誰もが確かに着飾ってはいるのだが、目に付く女性の多くが、どこかで見た衣装を纏っている。首元から膝下までを覆うようなドレス。細やかな装飾や身に付けているアクセサリーを除けば、大概の女性がこれを着用しているのだ。

「とあるパーティーに出席した美女が着用したドレス。アレはその場に居合わせた者の目に鮮烈に映ったということでして。それらが人伝になったおかげで、今は似たようなドレスが婦女子の間で大流行しているわけです」

「なんだそりゃぁ」

思わず素っ頓狂な声を発してしまうラウラリス。流行の発端が自身であるのは嫌でも認めるしかない。

貴族というのは案外にミーハーだ。特に、社交の場に赴く者は流行に敏感だ。それだけに、ラウラリスの着飾った姿は非常に鮮烈な話題となったのだろう。

ここまで似たような衣装の人間が参加しているのならば、呪具で髪と色を誤魔化した今であれば、以前のパーティーの衣装をそのまま着ていても正体がバレなかったかもしれない。もちろん、後の祭りではあるが。

「肌を見せつけるだけが、女性の魅力を引き立てる方法ではないと立証されたわけですから。むしろ、露出を最低限にすることで素材の良さを引き立てることに繋がると、皆が気がついたのでしょう」

「私としちゃぁ、自分の武器を惜しげもなく曝け出した方が、男の下心を掴むのには楽だと思うけどね」

「その発言は女性がするにはいささか問題がありませんか。ですが意外ですね。てっきりそういうのはお嫌いな方だと思っていましたが」

「生まれ持っちまったもんに文句を垂れたところで無駄なんだ。どうしようもないなら有効活用するしかないだろ」

ラウラリスの場合、胸元に大きな傷があるのでそれを隠すようなドレスを選んでいる。だが、必要とあらば胸元が大きく開いた派手な衣装を着ることに抵抗はない。己の美貌が与える影響力を知るが故(ゆえ)に、女性としての豊かさは立派な武器とわかっているからだ。

これは、男には真似できない女だからこその武器だ。そこに恥を挟む余地など一切ない。持ちうる武器を最大限に生かすことの、何が恥ずかしいのか。

それに……、と。ラウラリスは横目でヘクトを見る。

「こうしてオシャレするのは私も嫌いじゃぁない。その点に限ればまぁ……あんたにはちょっとだけ感謝してるよ。前回の件も含めてね」

よくよく考えれば、以前の勝利パーティーも今回の潜入も、ラウラリスの参加はヘクトの画策によるものだ。人の手の上で転がされている状況に思うところはあれど、美しいドレスで着飾る機会を与えてくれたことにはラウラリスなりに感謝をしているのだ。

ラウラリスの礼を受け、ヘクトはしばらく彼女を見据え……やがて呟いた。

「ラウラリスさんは本当に不思議な人ですね」

「なんだい？」

ヘクトの言葉に、ラウラリスは眉をひそめた。

「並々ならぬ武勇をお持ちになりながら、決して女性であることを捨ててはいない。むしろ、己が女性であることを誰よりも知っている。自身の魅力が周囲に与える影響力にも理解がある。なのに、その上で純粋に今を楽しんでもいる。まるで酸いも甘いも味わい尽くした歴戦の勇士にも感じられる」

「要領を得ないね。いったい、何が言いたいんだい？」

「目から入ってくる美しさと、肌で感じるあなたの印象はまるでちぐはぐだ。一度も姿を見ず、言葉だけを聞いていれば、狡猾（こうかつ）な老人と勘違いしていたかもしれませんよ」

クスクスと、ヘクトが笑う。だが不思議と、その笑みにはこれまでのような胡散臭（うさんくさ）さが感じられなかった。

「ますます、ラウラリスという人間への興味が強くなりましてね。本当に、あなたは飽きない人ですよ」

だが、それは決して温かなものではない。笑みの奥深くに潜（ひそ）む氷のように冷たい光を、ラウラリスは見抜いていた。

「……そうやって普段から本性を露（あら）わにしてくれりゃぁ、私も楽なんだがね」

「っと、これは失敗だ」

ハッとなったヘクトは己の口元を手で覆う。けれども、端から覗く頬の吊り上がり具合は隠し切れていなかった。

んんっと、咳払いをし改めて胡散臭（うさんくさ）い笑顔を貼り付け直したヘクトがラウラリスに言った。

「ところでラウラリスさん。今から恩着せがましいことを言いますけど、よろしいでしょうか」

「聞くかどうかはわからんけど、とりあえず言ってみ」

「ここまでのお膳立てをした僕の我が儘（わがまま）を、少しだけ聞いてはもらえませんか？」

演奏家たちの奏でる緩やかな音楽が会場内に響き渡っている。中央部では年の若い男女たちが、躰を寄せ合い手を繋ぎ、楽しげに踊っていた。

「僕の我が儘を聞いてくださってありがとうございます」

「たまにはこういう日があっても良いだろうさ」

そんなペアの中に、ヘクトとラウラリスの姿もあった。

ヘクトの願いとは、自分と一緒にダンスを踊ってほしいというものであった。どんな無理難題を出されるかと思っていたラウラリスにとっては意外な話だった。

「もしかしなくとも、私とこうやって踊るために色々と手を回してたのかい?」

「さすがにそこまでは。ただ、できるのならば、という気持ちはありましたがね」

「ま、そういうことにしておいてやるよ」

軽い言葉を交わしていながらも、二人の踊りは一切の淀みも迷いもなく続いている。決して激しい踊りではないが、一挙一動に優雅さと力強さが両立していた。

「知っていますか? 今流れている音楽。実はかの滅びた帝国の人間が作曲したものを、後世の作曲家がアレンジしたものなんですよ」

「ほぅ、どうりで聞き覚えがあると思ってたよ」

なんとなく耳障りが良いと思ってはいたがなるほど、耳を澄ませばラウラリスがかつて聞いたことのある音楽の面影を感じられた。

「とはいえ、一般には知られてはいませんがね。生まれが帝国というだけであまり良い印象は持たれませんから」

「もしかして、他にも色々と伝わってたりするのかい？」

「音楽に限った話ではありませんよ。滅んだ帝国由来の芸術品や書物というのは、コレクターの間では結構な額で取引されています。商会でも取り扱っています。もっとも、真贋入り交じってはいますが」

「物好きってのはいつの時代にもいるもんだ」

軽やかな踊りを続ける二人。

麗しき男女が身を寄せ合っている光景に、踊りを外から鑑賞している者たちも、近くで踊っている者たちもついつい目が奪われていた。

そして、それらを承知していながらも、二人は全く意に介さず——むしろ見せつけるように優雅な踊りを続けていく。

「実はですね、滅んだ帝国の遺産の中で一際に高値で取引されているものがあるんですよ。何かわかりますか？」

「とんと見当も付かないね」

「かの悪徳皇帝に纏わるものです」

「ほぅ、そりゃぁまた」

華麗なステップを踏みつつラウラリスは面白そうに笑った。皇帝の名を出さなかったのは、同じ

名を持つラウラリスへの気遣いか。実際には同一人物であるので気遣い無用であるが、それをヘクトが知る由もない。

「悪名高い皇帝ってんだから、自分の肖像画とか大量に残していそうだけどねぇ」

「ですが、実際のところはほとんど残されていないんです。皇帝の悪行に関する資料というのは探せばいくらでも出てくるのですが、これが皇帝個人に関わるものとなるととんと少なくなるのです。彼女の人生がどのような軌跡を描いていたのか、今もなお謎に包まれています」

「今に伝わる大悪党だってのに、不思議なもんだ」

自分でも白々しいなと思いつつ、そんな内心をおくびも見せずに首を傾げたラウラリス。

そこからしばらく踊り続けていたところ、やがて流れる音楽が変わりテンポも変わる。緩やかな雰囲気から軽やかなものへと。それに伴いダンスの調子も一段階上がっていく。

ステップ、ステップ、ターン、ステップ。

先ほどとは違った素早い動き。けれども、ラウラリスとヘクトの動きは一切乱れない。長年のダンスパートナーと言われても納得してしまうだろう。

「はははは」

「唐突に笑い出したよ、この男」

「前に一度、手を取らせていただいた時からわかっていましたが、こうして一緒に踊って改めて思い知らされます」

卓越した武術家の動作には、完成された機能美が見えると言うが、ラウラリスたちのダンスはまさにそれであろう。

「まるで僕と同等の体格かそれ以上の人間と踊っているかのような気分にさせられる。失礼を承知で言わせてもらうと、本当に同じ人間か、少し疑わしいくらいです」

「本当に失礼な物言いだね」

実はあまり気にはならないが、かと言ってそのままスルーするのも悔しい。と、ラウラリスはヘクトの足を引っかけようとしたものの、彼は全く動じずにあっさりと躱（かわ）してのける。それどころか回避の動きすらダンスの一部として取り込み、ラウラリスの躰（からだ）を強く振り回す。

「むっ」

「おおっ」

力任せとも言えるヘクトの動きに、ラウラリスは小さく声を発しながらも見事に対応。片手を離し勢いを乗せたままクルリとターン。戻る動作で再びヘクトの手を掴み取る。

「どんな体幹をしていらっしゃるんですか」

「そりゃぁこっちの台詞（セリフ）だ。さも当然みたいに反応しよってからに」

二人はあの手この手で相手のミスを誘うような妨害行為を繰り返していく。だが、片方が何をしようがもう片方は見事に回避し、それすら踊りに取り込み上書きしていく。

一見すれば優美高妙なダンスの陰で繰り広げられる攻防。高度な技術の応酬であるが、やっているのは文字通り足の引っ張り合い。しかしそれが二人の踊りをさらに彩（いろど）る結果になっているのはある種の皮肉か。

相手の妨害から来る重心のズレを瞬時に把握し、致命的に崩れる前に立て直していく。完璧な肉体操作を可能とする全身連帯駆動を持ってすれば造作もない話だ。

そんなラウラリスを持ってしても崩しきれないということは、このヘクトという男が並々ならぬ身体操作の技術を修めていることの証左。

「先ほどの話の続きですが」

華麗なターンを続けながらヘクトが言う。

「多くの歴史学者たちは、勇者が悪帝を討ったことを祝し、民衆が皇帝に纏わる記録を焚書してしまったのではと考えています」

「圧政を敷いてた悪帝の記録なんぞ、誰も残したがらないだろうさ。歴史の敗北者なんぞそんなもんだろ」

「ですが、僕はこれは真実ではないと考えています」

「じゃぁ、あんたの考える真実ってやつはなんなんだい？」

鋭いステップを決め、ラウラリスが問いかけた。

「僕の立てた仮説はこうです。悪帝ラウラリスは、自らの手で己に関わるあらゆる記録を葬ったのではないか、と」

「へぇ……随分と面白い見解だ」

口では興味深そうな素振りを見せつつも、内心では感心していた。

ヘクトの仮説は、正鵠を射ていた。

前世のラウラリスは勇者が反帝国勢力を纏め上げ、攻勢に出た頃に自身に関わる資料、書物の破棄を命じた。自らの真意を秘め、悪行だけが後世に伝わるように。自分が死した後の世で、勇者が統治を行いやすいように。己の悪行を反面教師にした諸国の一致団結を長く促すために。

「是非とも、その根拠をお聞かせ願いたいね」

「それは――」

口にしかけたヘクトはラウラリスを抱き寄せると大きく旋回し、ピタリと動きを止めた。そうして彼女の耳元に口を近付けると。

「また、次の機会に」

囁(ささや)いて躰(からだ)を離し、片手を取って恭(うやうや)しく一礼をした。

生娘(きむすめ)であれば頬を赤らめ熱に浮かされるところであるが、ラウラリスは怪訝(けげん)な顔をするのみだ。踊っていた他のペアも同様に男性たちがペアの女性に頭を下げている。音楽も切り替わっており、どうやらここでダンスは一区切りのようだ。

――パチパチパチ。

周囲から手を叩く音が響く。見回せば、見学していた者たちはもちろん先ほどまで踊っていた者たちも、ラウラリスとヘクトに向けて拍手を送っていた。どうにも、ダンスに熱中しすぎていたらしい。当人たちにとっては雑談と足を引っ張り合う戯(たわむ)れに過ぎなかったが、よそからすれば違って見えたようだ。

「僕は一旦外れます。叔父(おじ)と話を付けるためにも、調整が必要でしょうから」

ヘクトはさり気なくラウラリスの手に口を触れてから離れ、拍手に包まれながら参加客の中に紛れていった。

「やっぱり、一度くらいはぶん投げときゃよかったかね」

ラウラリスは口が触れた手を眺めて呟いた。

ダンスを終えた後に再び壁の花になるラウラリス。一時は注目を集めそうになったが、会場の中心から離れる際に気配を消したためにそれ以上は人の目を集めることはなかった。

壁に背中を預けている今でも気配を殺して、なるべく目立たないようにしている。その際に、テーブルに配膳された料理も確保していた。

皿に山盛りになった料理を楽しみつつ、ヘクトが戻ってくるまで時間を潰すつもりだ。

フォークに突き刺した料理をパクリと口に含む、ラウラリスは顔を綻ばせた。

「うーん、美味い。こういうのが食えるなら、貴族様のパーティーに忍び込むのもやぶさかじゃぁないね」

料理に舌鼓を打つラウラリス。ここしばらくの間は保存食しか口にしておらず、街に着いたところで食べ歩きもできなかった。

訪れた先々で美味しい食べ物を楽しむのは、新たな人生においてラウラリスの立派な趣味の一つ。それができないことがさりげなくストレスになっていたようだ。

「手配犯がまぁお気楽なこって」

料理をパクついていたところに、ある男が近付いてきた。煌びやかな社交の場にはいささか不釣り合いな軽装にはラウラリスも見覚えがある。

「おや、あんたかい。確かリベルだったか」

「名前を覚えていただいて光栄だ、剣姫さんよ」

光栄、と口にはしつつもリベルの表情は明るいものではなかった。どちらかと言うと、見たくないものを見つけてしまった時のそれだろう。

「アンタも食うかい？」

「結構だ。これでも仕事中だ」

ラウラリスが皿を勧めてくるがリベルは無視する。不機嫌を表に出しながら両腕を組み、彼女の隣の壁に背を預けた。

「一応、髪はごまかせてるはずなんだがね」

己の髪をクルクルと指に巻きつけるラウラリス。

「会場のど真ん中であれだけ目立つ踊りをされては嫌でも気がつくっての」

「ごもっともだ」

「アンタ、手配犯だって自覚はあるのか？　こんなところにいていいもんじゃないだろ」

「心配してくれるのかい？」

「阿呆か。アンタみたいのがいてくれちゃぁ、俺たちの気苦労が増えるばかりだって言いたいんだよ」

犯罪者が煌びやかなパーティー会場に紛れているなど、草食動物の中に息を潜めた猛獣が紛れているようなものだろう。立場的に、いつ暴れ出されるかわかったもんじゃないと気が気でないはず。

「相方はどうしたんだ。一緒じゃないのか？」

「バイスは雇い主の側だ。さすがに二人揃って離れるわけにもいかなくてね」

「雇い主ってのは、商会長のところか」

「今は会場にはいないがな。おたくと一緒に踊ってた甥っ子さんと話があるってよ」

少しばかりハメを外しすぎたか、とは思わなくもない。腕利きの商人とされているレヴン商会の会長が、保有する手札の中でラウラリスの相手をできるこの二人を遊ばせておくはずがない。彼らが会場内にいることは予想ができていた。

「どうやら、商会でのことは芝居だったみてぇだな。やっぱりあんた、商会の甥っ子さんとグルだろ」

「ご想像にお任せする」

リベルは面倒臭そうに舌打ちをした。確信はあってもそれを立証する手立てがないのだから仕方がない。

「で、仕掛けてはこないのかい？」

「残念ながら、今の俺たちの仕事は護衛だ。仮に捕縛を任されたところでどうにもできねぇよ。だからそっちも余裕を保ってるんだろ？」

「わかってるじゃぁないか」

挑発的なラウラリスに、リベルが顔をしかめる。

屋根上での一戦で、ラウラリスとの間にある差を味わったのだろう。たとえ相手が徒手であろうとも、相手をするのは困難を極めると。

「ここで大暴れしちまうと雇い主の面子を潰すハメになっちまうからな。かと言って警戒しないわけにもいかないから、俺だけで来たってわけだ。これで満足か？」

「ああ、概ねな」

「それはようございましたね」

リベルはやさぐれた風に鼻を鳴らした。

「随分と機嫌が悪いじゃぁないか」

「誰のせいだと思ってやがる」

「私のせいだって言いたいのかい」

「そうだよ、ったく」

ガシガシとリベルは苛立ちを誤魔化すように頭を掻いた。

「相棒と田舎から一旗揚げようって出てきたってのに。これでも、俺も相棒も人間を相手に限ればそれなりにやれるって評判だったんだ。なのにこんな可愛いお嬢さん一人に良いようにされちゃぁ自信もなくすぜ」

「そりゃぁ悪かった」

「謝られるとさらに惨めになるんだが」

ジト目を向けてくるリベルに、ラウラリスはかんらかんらと笑った。

「調子の狂うお嬢さんだぜ。話してると近所に住んでた口うるさい爺婆(じじばば)どもを思い出す」

「不思議なことに、似た類(たぐ)いのことをよく言われるんだな、これが」

「その割にはあまり嫌そうじゃないな」

再度、ラウラリスは軽快な笑い声を発した。

「ところで、会場内で私に気がついてるのはあんたらの他にはいるのかい？」

「さぁな。一応、商会長さんには諸々伝えてはおいたが」

「そうかい。なるほどねぇ……」

ラウラリスはにやりと笑った。どうやら、彼女の中で何かに合点(がてん)がいったようである。

「ご歓談中のところ、大変失礼いたします」

傍(はた)から見れば楽しそうな会話だったのか、ウェイターがやって来て二人に一礼する。

「リベル様。レヴン商会長様がお呼びです。それと――」

ウェイターは金髪の美少女(ラウラリス)に目を向けるとこちらにも一礼をした。

「そちらのお嬢様にもお声がかかっております。大変申し訳ありませんが」

「構いません。案内してください」

瞬時に可憐(かれん)なお嬢様ムーブに切り替えて応対したラウラリス。あまりの変わり身の早さに、隣にいたリベルがぎょっとした顔になったのは愉快であった。

第十話　商会長とババァ

ウェイターに案内されて赴(おもむ)いたのは、パーティー会場から少し離れた位置にある、広い客間であった。

部屋に入って最初に目についたのはリベルの相棒であるバイスだ。相変わらずの外套(がいとう)姿で、パーティー会場に紛(まぎ)れていたら目立つことこの上ないだろう。壁際にはスーツの首元を崩しラフな格好になったヘクトがいる。

そして、バイスの側に佇(たたず)んでいるのが、ラウラリスを呼び出した人物。

「どうも初めまして。レヴン商会の会長を務めておりますアクリオ・レヴンと申します。以後お見知り置きを」

丁寧な物腰の男は、顔かたちこそどことなくヘイルズに似ており血縁を感じさせるが、思っていたよりも『普通』であった。今はパーティーに出席するのにふさわしい上等な身なりながら、普段着であれば街ですれ違っても記憶に残らないような、外見だけで言えば平凡な男だ。

「うわぁ……」

しかし、ひと目見た瞬間にラウラリスは盛大に顔をしかめていた。相手が誰であるかは承知の上であろうが、それを加味しても明らかにドン引きしている。

レヴン商会は、国内で屈指のシェアを誇っている。その会長ともなれば、伝手を得ようと躍起になる者は数知れず。そんな超重要人物を前にしてこの態度。まさしくラウラリスだからこそである。

「……これはなかなかに新鮮な反応ですね」

対してアクリオは、そんなラウラリスの不遜な態度に、不機嫌になるどころか本当に意外そうな表情を浮かべていた。

ラウラリスは壁際のヘクトに目を向ける。

「なぁおい。あんたの親父さん、ヘイルズじゃなくてこっちじゃね？」

「あの……それは一体どういう意味でしょうか」

「ここまで胡散臭さがぷんぷんする人間、滅多に見ないよ」

この商会長から滲み出る曲者の雰囲気は、皇帝時代でもそうそうお目にかかったことはない。人当たりが良さそうに見えて、少しでも油断をすれば骨までしゃぶり尽くされる。ラウラリスがアクリオに抱いたのはそんな第一印象だった。

ラウラリスと共にやって来ていたリベルは、彼女の厚顔無恥とも呼べる態度に「おいおい大丈夫かよ」と心配するほどである。

「ふん」と鼻を鳴らして気を取り直し、ラウラリスは堂々と名乗る。

「今更自己紹介もアレだがね。ラウラリスだ。フリーの賞金稼ぎだが、今はオタクらのせいで賞金首になってるところだよ」

「それについては大変ご迷惑をおかけしています。こちらとしてもなかなかに込み入った事情がありまして」

「その込み入った事情ってのを是非聞きたい」

「ええ、もちろん。そのためにこうしてお呼び立てしたのですから」

ラウラリスの威圧にも、アクリオはやはり丁寧に返す。まるで言葉という剣を使った果たし合いのような雰囲気だ。口から出た音の一つ一つや一挙動すら見逃さず、いかに切り返すかを常に考えている。今はまだ牽制に過ぎないが、静かに張り詰めた緊張があった。

「まずは謝罪を。商会の問題に本来なら部外者であるあなたを巻き込んでしまったこと、深くお詫びいたします」

真摯な音楽と共に、アクリオが深々とラウラリスに頭を下げた。アクリオの側にいたバイスも、ラウラリスの側にいたリベルも息を呑む。とはいえ、雇い主の意向に口を出すほどの野暮ではなかった。

「具体的に巻き込んだのは、おたくの甥っ子だがな。謝罪を受け取るかどうかはこれからの話次第だよ。もし納得できない内容だったら――」

ラウラリスはおもむろに手を掲げると、形の良い指をバキリと鳴らした。決して淑女が発して良い音ではない。

アクリオはゆっくりと頷くと、口を開いた。

「最初にこれだけは確約しておきましょう。今回の騒動に区切りがついた時点で、あなたにかけられた容疑の一切を即時に取り払い、その上で此度の迷惑料として報酬をお支払いいたします。必要であれば、この場で正式な書面を認めましょう」

その宣言に、リベルとバイスがギョッとなる。どうやら彼らにとっては初耳だったようだ。相変わらずヘクトはにやにやしたままだが、こいつはまぁ放っておこう。

動揺こそしなかったが、ラウラリスは切れ味のある眼差しでアクリオを見据える。

「その辺りまでを込みで私を手配犯に仕立て上げたってことか」

「——驚かないところを見ますと、気がついてましたか」

「かけられた賞金額の割にはやり方が手緩いように感じられたから薄々は。今の宣言を聞いた時点で確信した」

末端に位置するハンターたちは、本気でラウラリスを捕まえようとしていたのは間違いない。しかし、商会が本腰を入れてラウラリスの捕縛を考えていたのであれば、それこそハンター以外の人員をもっと大量に動員して人海戦術を行っていたはずだ。だというのに、直接に使った手札は、腕利きではあったがリベルとバイスのみ。この辺りで違和感を覚えていたのだ。

「けど、あの手配書はギルドが正式に発行したものだ。撤回とは簡単に言うけど、軽々とできるもんじゃないだろ。ハンターたちだってハイそうですかと素直に受け入れられるかね」

ラウラリスも普段は手配犯を追う側の人間だ。街に出回っている手配書の真贋を見極めるのはわけない。

「心配には及びません。ラウラリスさんにかけられた賞金はレヴン商会が全負担しています。それと、手配書が出回っているのはラウラリスさんの行動範囲に限定しておりました」

さらに言えば、ラウラリスが街を出た時点でその街のギルドにはラウラリスへの手配を中止する旨を伝えてある。つまりは、彼女への手配は非常に小規模な範囲で行われていたのである。

「それにしたって、ギルドにも面子ってのがあるだろ。お得意様とはいえ、レヴン商会の我が儘にホイホイと付き合ってくれるか？」

ラウラリスの手配はギルドが彼女を犯罪者と断定したのではなく、レヴン商会がギルドを通して手配書を発行した形になる。そのレヴン商会がラウラリスへの告発を取り下げれば理屈の上では無理はない。

ただそれにしたって諸々の手続きで時間がかかるはずだ。第一に、ギルドの信用問題にも関わってくる。正式な手続きで手配書が出回ったというのに鶴の一声でそれがなかったことになれば、ハンターたちだって黙ってはいないだろう。

なのにアクリオは事が解決次第『即時に』と言い切ったのだ。そう簡単にいくものだろうか。

「ギルドとレヴン商会は私より何代も前から懇意の仲でして。それなりの便宜を図ってもらうのは難しいことではありませんよ。もちろん、相応の礼をさせてはいただきますがね」

アクリオがくつくつと笑う。表面上は朗らかであるものの、どこか薄寒いものを感じる。どのような便宜を図るのか、僅かばかりの興味をそそられたがラウラリスは自制した。藪を突いたら面倒なモノが飛び出す予感がしたからだ。

つまるところ、ラウラリスに賞金をかけたのはアクリオに違いはないが……

「けどそれって、私が捕まったら元も子もないよな」

「竜をたった一人で打ち倒せるような御仁が、そうそう簡単に捕まるはずはないでしょう」

全幅の信頼を含んだ笑みに、ラウラリスの頬が引きつった。初対面の相手に向けて良い顔ではない。やっぱりこの商会長、ヘクトの実の父親なんじゃないかと思ってしまう。

「あのー、ちょっとよろしいですかね」

部屋に入ってから黙って状況に流されていたリベルが手を挙げた。

「この話って、俺と相棒が聞いてて大丈夫な話っすかね。あれでしたら、今すぐにでも出ていきますが」

「君らは私の護衛ではありませんか。いてもらわなくては困ります」

「いや確かにおっしゃる通りなんですけどねぇ……」

アクリオの言葉を聞いても、リベルは非常に気まずげな表情だ。相方のバイスはよくわかっていない顔をしている辺り、人との交渉や頭脳労働はリベルの担当のようだ。

元々後ろ暗いことは承知の上だったが、ここまでの大事（おおごと）になるとは思ってもみなかった。リベルの内心はこんなところか。単なる雇われがこれ以上商会の裏に足を突っ込むのはよろしくないと判断したのだ。仕事を請け負ったことを後悔しているに違いない。

「あなたたちも当事者ですから。……大丈夫ですよ、あなた方が契約を守ってくださるのであれば、なんら問題はありません」

「は、ははは……ショウチシマシタ」

どこまでもアクリオの口調は柔らかかったが、裏に秘められた静かな威圧感は強烈だ。リベルは表情筋を引きつらせ冷や汗を流しながら、か細い声で承諾した。

「俺たちが剣姫と戦うことになったのは、何かしらの手違いだったということか？」

「当初の予定では、ですがね」

悲愴感を漂わせているリベルとは対照的に、バイスは落ち着いた声で疑問を口にする。冷静というよりは、話の全容をあまり理解していないのかもしれない。

「ラウラリスさんはすでにご存じかと思われますが、今の商会の内部には犯罪組織との取引を行っている者がおります」

「『亡国を憂える者』か。お互い、あいつらには迷惑をかけられているようだね」

今回の騒動の発端は『亡国』の拠点を壊滅した時点から始まっている。まさに存在するだけで世間に迷惑を振りまく害悪だ。

「事が公になれば商会の土台を大きく揺るがす事態を招きます。以前より内部で処理するため極秘裏に調査を行っていましたが、注意対象にも悟られぬように動いており、調査もなかなか進まない状況でした」

ラウラリスにとってはこの手の話は慣れたものだ。金が大きく動く仕事をしているのであれば、後ろ暗いことの一つや二つあって当然。不祥事を逐一暴露していては商会なんて成り立つはずがない。先日に大きく関わった献聖教会にしたって、表に出せない内輪揉めを抱え込んだばかりだ。この程度でいちいち目くじらを立てるほどやわな女ではない。

取引相手がビスタであるところまでは突き止めていたが、明確にできたのはそこまで。また、取引を行っている者は複数おり、おおよその候補は挙がっているが全容がつかめていない。下手に処罰を行えば取り逃した誰かが逃げ出し、商会への報復を行う危険性もある。

よって、下手人の全てを一網打尽にする必要があった。そのためには、『亡国』が保有しているであろう取引の証拠――商会内の誰が取引を行ったのかが記された名簿が必要だったのだ。

「今回、ラウラリスさんが迅速に『亡国』の拠点を占拠してくださったおかげで、確固たる証拠を得られるチャンスが巡ってきました」

『亡国』の幹部たちは密接な協力体制こそ敷いてはいなかったが、同じ頂を崇拝しているという認識は持っている。己たちの失態で他の同志に被害が及ぶのを良しとはせず、拠点を放棄する際には必ず持っていた情報の破棄を行っていた。

しかし、ラウラリスのせいで、証拠を隠滅する間もなく、『亡国』の構成員が軒並みに無力化されてしまった。

「ただ、これはチャンスと同時に、商会にとっても危うい状況でした」

「下手すりゃ、商会の人間と『亡国』の間にあった取引の証拠が漏れる恐れがある」

証拠を確保するために、アクリオは急ぎ人員を派遣。万が一に他の誰かしらが証拠を確保した場合、力ずくでそれを奪取するため、対人戦に特化したリベルとバイスを選んだのだ。

「……ところが、派遣した先でトラブルが生じてしまった」

「私だよな、紛れもなく」

証拠を確保するために向かったところで、同じく証拠を確保しようとしたラウラリスがすでに潜んでいたのだ。以降の結果はご存じの通り。

アクリオとラウラリスは揃ってヘクトに視線を向ける。両者の視線を浴びたヘクトは、困ったように頭を掻いた。

「誤解なんですよ。手違いだったんです。僕だって良かれと思ってのことでして——いえ、誠に申し訳ありませんでした。あなた方に睨まれると本当に肝が凍りつきそうなんで」

二人の視線がいよいよ冷たさを帯びると、ヘクトも観念して頭を下げた。

アクリオはため息交じりに首を左右に揺らした。

「つまり、そこの男が悪いと？」

「完全にってわけじゃないが、八割方だな」

「なるほど、そいつが一番悪いのか」

バイスの言葉をラウラリスが概(おおむ)ね肯定した。

「ヘクトがあの地にいたのは偶然ではありません。現地の情報を収集させるために私が、直々(じきじき)に派遣していました。彼から拠点制圧の報を受け、急ぎで二人を送り込んだんです」

ヘクトはアクリオが秘密裏にリベルとバイスを送っていたこと、アクリオはヘクトが現地でラウラリスを手引きしたことをそれぞれ認識できていなかった。結局は伝達不足が原因だったのだ。おかげでラウラリスとリベルたちは余計な争いをする羽目になり、肝心要の証拠を押さえることに失敗してしまった。

「リベルたちのことをラウラリスさんから聞いて、もしかしたらとは思っていたんですがね。正確な情報を知れたのはつい先日でして」

「だとしても、私が誰かしらを送り込むことは予想できていただろうに」

「申し開きのしようもありませんね」

　咎(とが)めるアクリオに、ヘクトはただただ謝るばかりだ。

「ちなみに、リベルたち(あんたら)はどこまで事前に知らされてたんだい？」

　ラウラリスが問いかけるが、リベルはすぐには答えずアクリオを一瞥(いちべつ)。彼が頷くのを確認してからリベルは改めて口を開いた。

「商会の人間が『亡国』って奴らと取引してるから、取引の名簿が誰かに見つかる前に確保するか、調べきれなかったら破棄しろって具合だ。ただ、あの時のボヤ騒ぎは俺たちじゃない」

「だろうねぇ。選択肢にはあっただろうが、私とやり合ってる最中じゃ無理だ」

　火の手が上がったのは、ラウラリスがリベルたちと鉢合わせた直後。二人から逃れて砦(とりで)を脱する直前だ。タイミング的に彼らが行ったはずがない。

　とすると、あのボヤを起こしたのは誰か。

　考えるまでもない。

「名簿を誰にも見られたくない商会長以外の人間。つまりは、商会内の下手人か」

「ああも早く対応されるとは、私も予想外でした」

　もしかすれば、ラウラリスが拠点襲撃に参加した時点で、証拠隠滅の手筈を整えていたのかもしれない。『亡国』の誰かしら、あるいは金次第で裏の仕事を引き受ける人間を使って、証拠を燃やし尽くした。

「オタクに逃げられた後、ボヤが起こってからハンターが駆けつけるまでの間にできる限り調べたが、名簿の類いは見つからなかった。奴ら最初から名簿の在処はわかってたんだろうな」

「邪魔した形にはなったが、結局のところは後手に回ってたってことか」

仮にリベルたちがラウラリスと遭遇せず調べ物を開始していたとしても、その時点で名簿の隠滅は完了していたことになる。ラウラリスとしては喜んでいいかはわからなかったが。

「あの後に改めて国の調査が行われましたが、商会に対して特別に動く気配はありません。名簿が第三者に見つかることだけは逃れられたようです」

「骨折り損だったわけか――ああなるほど」

奇しくも商会はチャンスを逃した。振り出しに戻ったわけなのだが、ラウラリスはここでようやく合点がいく。

「――ここで今回のでっち上げに繋がるのか」

事情を知るアクリオとヘクトは微笑み、リベルとバイスは首を傾げた。

「おい剣姫さんよ。あいにくと、俺も相棒もオタクほどオツムは良くないんだ。わかるように教えてくれ」

「私を手配犯に仕立て上げることで、下手人たちに圧をかけたんだよ」

リベルの問いかけに、ラウラリスは顎に手を当て考察を組み立てながら答えた。

「下手人の名簿は隠滅が完了していたと見て間違いない。だが私を手配犯とすることで、下手人どもに『万が一』ってのを想像させたんだ」

「万が一？」

「私が下手人の名簿を持ち出したって可能性さ」

「あっ⁉」

アクリオたちから特に言及がない辺り、ラウラリスの推測は間違っていないのだろう。そのまま彼女は続ける。

「名簿の存在は、バレたら商会だって都合が悪いもんだ。アクリオが言った通り、世間様に流れたら商会が吹っ飛びかねない」

実は当初からラウラリスは妙に思っていたのだ。

ギルドが管理する建造物への不法侵入。遠くないうちにギルドそのものが手配に踏み出すのは間違いない。なのにどうしてわざわざレヴン商会が賞金を出してまでギルドを動かしたのか。ラウラリスが遠くに逃げないうちに即急に手を打ったかと思っていたが、違った。

レヴン商会がラウラリスに賞金をかけた――この事実こそが必要だったのだ。本来ならばあり得ない可能性に真実味を帯びさせるために。

表立っての理由は、ギルドが管理する建造物への破壊工作。だが少し知恵を巡らせれば、『商会にとって都合の悪いものを盗み出した』という裏の理由が見えてくる。何も知らぬ一般人であってもそう考えるのだ。当事者であれば尚更だ。

「けど、下手人って奴らが、都合よく受け取ってくれるか？」

リベルの疑問ももっともだったが、ラウラリスは手をひらひらとさせる。

「一人でも二人でも、そう認識させればいいんだよ。一人が騒ぎ出せば連鎖して他の奴らも動き出す。やがては浮き足立ってボロが出てくる」

ラウラリスが自分たちを脅かす証拠を持って逃亡している。下手人たちも気が気ではないはずだ。普段は上手に表面を取り繕っていても、万が一を想定して動き出すだろう。身辺を整理し逃げ出そうとする者だって出るかもしれない。その慌ただしい動きこそがアクリオの狙いだったのだ。

腕を組み仕掛け人に目を向けると、彼は満足げに頷いた。

「ご名答です。その慧眼、感服しますね」

「どうかね。こいつはかなり荒い手だ。上策かどうかは疑問だよ」

ラウラリスの言う通り、これは商会自ら後ろ暗いものを抱えていると喧伝しているのと同じだ。無事に『亡国』と取引を行っていた者を一網打尽にしたところで、商会には疑いが残り続ける。

だが、アクリオは肩を竦める。

「ご心配には及びません。たかだか悪評の一つや二つを呑み込めぬほどに小さな商会ではありませんので」

「これだから商売人ってやつは……」

自信ありげな台詞に、ラウラリスは辟易した。

此度の手配騒動における商会長の意図はおおよそ聞き出せただろう。言ってやりたいことはあれど、今回の騒動にケリを付けてからと腹の奥に苛立ちを押し込める。

「で、商会長。調査の進捗（しんちょく）はどうなんですか？　俺も詳しいことはまだ聞いてないんですが」

「やはり、幾人かの従業員に怪しい動きがありました。おそらく、近日中に何かしらの行動に出るでしょうね。今は裏付け調査を行っているところです」

「下手人が割れてるなら、さっさと捕まえてしまえばいいでしょうに」

　ヘクトの気軽そうな言葉に反して、アクリオは首を横に振った。

「はやる気持ちはあるでしょうがここは堪（こら）える時です。誤った情報で動けば、無関係の人間を巻き込む恐れがあります。それだけは絶対に避けねばなりません」

　アクリオの様子を見る限り、ほとんど確信に至ってはいるが最後の一押しがほしいといった具合か。下手人の候補が本当に『亡国』と繋がっていた証拠がほしいのだ。

　ラウラリスとしても、商会で真面目に勤めている人間に迷惑をかけるのは避けたいところだ。悪党にお仕置きするのであれば疑いの余地はなるべく消しておきたい。

「あ、ちょうどいいのがあった」

　ラウラリスが思いついたようにポンと手を打つと、部屋の中にいた全員の視線が彼女に集中した。何事かと面々が見守る中、ラウラリスはいきなり自身が纏う衣装の胸元を広げ、躊躇（ためら）いなく豊かな胸の谷間に手を突っ込んだ。

　美少女のあられもない行動に皆が唖然（あぜん）とするが、ラウラリスは構わずに手を引き抜く。すると、そこには折り畳まれた一枚の紙が握られていた。

「……つかぬことを聞きますが、どうしてそこに？」

「世界で一番安全なところだからね」

女性慣れはしているはずのヘクトが若干頬を赤らめる。対して、こともなげに答えるラウラリス。

間違ってはいないだろうが、淑女としてはどうなのだろうか。

ラウラリスは紙をそのままアクリオに差し出した。受け取ったものとラウラリスの顔を交互に見てから、紙を開いて中身を改める。

「アンタの言う裏付け調査、こいつを使えば捗るんじゃないか？」

「なんと――っ!?」

驚きの声を発するアクリオ。最後にはいよいよ息を呑んだほどだ。ラウラリスをして曲者と称されるほどの人間が発する動揺に、ヘクトは首を傾げる。

「中身は何なんですか？」

「……ここしばらくの間で行われていた、レヴン商会の不審な取引記録です」

どうしてそれをラウラリスが持っている？　という疑問を抱くヘクトに、アクリオが紙を渡す。

叔父の様子を不審に思いつつも文面に目を通していく。

と、ヘクトの目が紙の最後に届いたところで大きく見開かれた。

末尾のサインには『ビジネ・ルースマン』の名前。

多くの信徒を有する献聖教会の最高権威、三つある枢機卿のうちの一つを預かる男。教会内の財政を統括しており、敬虔な信徒でありつつやり手の商人としての顔を持っている。

名前だけではなく判も押されている。献聖教会――枢機卿にだけ許されているもので、この紙を書いたのがビジネであることを正式に証明するものであった。偽造を疑う余地はない。

「ダメ元で頼んでみたんだが、やってみるもんだ」

レヴン商会の二人が固まる中、腕を組んだラウラリスは快活に笑った。

「いやいやちょっと待ってくださいよ、確かに僕はビジネ枢機卿宛の手紙を頼まれましたけど、いつの間に返信を受け取ったんですか？」

ヘクトが手紙を受け取った時点で、ラウラリスはアクリオの居場所を知らなかった。なのに、どうして手紙の返信がラウラリスに届いたのか。

「調べたんだとさ。届いたのは今朝方。アンタが来る前に私のところに直接ね」

レヴン商会のことを調べるのであればやはり商人に聞くのが一番。ラウラリスが知る中で最も信頼できるのはビジネであった。彼に頼むのは当然の帰結だ。

献聖(けんせい)教会の人間は各地におり、ビジネの息がかかった者も当然いるわけで、彼らから寄せられる情報は膨大な量になる。それらを精査しまとめ上げる手腕もさることながら、ラウラリスの行き先を素早く特定し、ヘクトを介さずに返信の手紙を送る迅速さ。おそらく、ビジネだけではなく、もう一人の枢機卿の協力もあったと考えられる。

「ちゃんと、ラウラリスさんのことは伏せて宿を取っていたんですがね」

「私もビジネ――というか、献聖(けんせい)教会の人脈ってのを舐めてたよ」

ビジネが優秀な商人というのは知っていたが、もしかすると想像していたよりも遥(はる)かにやり手なのかもしれない。彼が清濁併呑(せいだくへいどん)しつつも『善』側の人間で良かったとラウラリスはつくづく安堵する。

「そいつがありゃぁ十分じゃないかね、裏付け調査」

「……ええまぁ。あとは我々が調べたものと擦り合わせをすれば」

アクリオの笑みが乾いている。最初に見せた余裕はどこへやら。ビジネの調査結果がどれほどに重たいものであったかが窺い知れる。これは商会の外に流れたら相当に危ない情報だ。だが一方で、アクリオが集めた情報を決定的にするものでもあった。

おそらく、並の商人、商会では到底無理な芸当だろう。商人と枢機卿の立場を併せ持つビジネの、膨大な人脈があってこその芸当だ。

「……ところでラウラリスさん。元々はその情報、どのように扱うおつもりだったんですか？　裏付け調査のために持参したわけではないでしょう」

裏付け云々(うんぬん)は、ラウラリスがこの場で話を聞いてから出てきたものだ。手紙を受け取った今朝の時点でラウラリスが知っているはずがない。

「いざって時にレヴン商会を脅すための切り札として使うつもりだったよ。いやぁ、人様を脅すようなことにならなくて良かった」

「はっはっは」と明朗快活に高笑いするラウラリスにヘクト、アクリオの両人は乾いた笑い声を上げるしかなかった。

（怖いわぁ。剣姫マジで怖いわぁ……）

状況を黙って見ていたリベルは、ラウラリスの恐ろしさを実感し背筋を震わせていた。

第十一話　かちこみバババァ

閉め切られた倉庫の中で、ランプの火に灯された二人が言葉を交わしていた。

「本当に、命の保証はしてくれるんでしょうね」

「もちろんだ。これまで便宜を図ってくれた貴殿らに仇をなすほどに我らも非道ではない」

片方の男は緊張に顔を引きつらせており、背後に控えた数人もまた同様の表情を浮かべている。

もう片方は外套を纏っており、似たような格好をした者が十余名。別々の顔かたちをしているはずなのに、ふとした瞬間には全く同じ顔に見えるほどに彼らの雰囲気は似通っていた。

緊張している男は強い焦りに苛まれていた。

手配犯である剣姫ラウラリスが捕縛されたという情報が伝わってきたからだ。

どれほどの実力を有していようが一個人の能力などたかが知れている。レヴン商会がギルドを後押ししている以上、人海戦術の前ではやがては力尽きる。

もちろん手をこまねいてはいなかったが、唯一のチャンスを逃してからは深追いせずに準備を進めてきた。己一人が動かせる手勢には限度があり、無理に人員を動員すれば疑いの目が向けられる。

ここまでどうにか事なきを得てきたのに自らの手で馬脚を露わすことはない。

——最初はただの小遣い稼ぎのつもりであった。

倉庫の奥に埋まっていた品を掘り出し、適正な価格で販売していた。量を誤魔化したり値を吊り上げたりはしなかった。商人として常に対等な関係で商いをしていた。ただその相手が、世の中にとってはいささか害のある組織であっただけだ。

大きな取引から得られる報酬は、少しばかりの罪悪感を塗りつぶすには十分すぎる魅力であった。それでこれまでは上手くいっていた。

だが、剣姫が捕らえられたとあらば話は変わってくる。

レヴン商会がギルドを使ってまで剣姫を追っていたのは、組織が保有していた取引記録を盗み出したからだともっぱらの噂だ。記録の中には名簿もあり、商会内で取引に関わった者たちのサインが記されている。もちろん自分の名前も中にあるだろう。

会長であるアクリオは朗らかな人となりであるが、かなりの辣腕であることでも有名だ。商会の品を勝手に裏組織へ横流しした者を許しはしない。下手をすれば、裏切り者を陽の当たらぬ陰で始末するくらい、平気でやってのける。当人に確かめることなどできないが、明らかにそうとしか思えないような出来事が過去にあったことを、他ならぬ己が知っているのだから。

これまでの地位を手放すのは惜しいが、命と測れるほどでもない。

幸いに先方との話はついている。

今までの取引における信用関係に加えて、商会にとって良からぬ情報のいくつかを手土産にすることで交渉の場を設けることができた。

「手筈通り、望む者には逃亡の手配をしよう。それと貴殿自身は我が同志との会見が目的だったな」

「ええ。商会で培(つちか)った知識と経験、そちらとしてもあって損ではないでしょう」

「近頃は憎きあの剣姫のおかげで色々と入り用になってきている。貴殿の技量があればそれも解消できるだろう」

「ご期待に沿えるように努めさせていただきます」

外套(がいとう)の男が手を差し出す。対面の男は小さく唾を呑み込み、恐る恐るといった具合に手を握り返した。ここまでくればいよいよ後戻りはできない。目指す先は暗闇の世界。果たして自分はどうなってしまうのか。大きな不安と僅かな高揚を胸に感じ――


倉庫の扉が吹き飛んだ。


大量の荷物を搬入するための大ぶりの両開きが、音を立てて内部に転がり込む。あまりに突然すぎる事態に、倉庫にいた誰もが言葉を失い扉があった方向へと目を向ける。

外から太陽の光に照らされる人影は二つ。

「登場の演出にしてもちょっと派手すぎやしませんかね？」

斧槍(ハルバート)を担いだ男――ヘクト。隣にいる少女に向けて声をかける。

「カチコミってのは勢いが肝心だ。本当なら天井でもブチ破ろうかと思ってたくらいだよ」

「好きなんですか、天井破り……」

腕を組み、太々(ふてぶて)しい笑みを浮かべているのはラウラリスだ。

あり得ないはずの闖入者(ちんにゅうしゃ)の姿に、倉庫の中にいた者たちは騒然となった。中央の二人は尚更だ。

「剣姫――貴様、ギルドに捕まったのではないのか⁉」

「どこぞの馬鹿が面倒なことをしてくれたせいで酷い目にあったが――」

ラウラリスは隣に立つ男を睨むように一瞥(いちべつ)してから、可憐(かれん)な笑みを浮かべて倉庫の中を見回すと、スカートを摘(つま)んで一礼する。

「おかげさまで、この度(たび)晴れてお天道様の下を歩ける身になりました。皆々様にご心配をおかけしたこと、深くお詫びします」

お嬢様然とした謝罪は、盛大に皮肉が込められていた。双方とも、剣姫(ラウラリス)が捕まったという情報を信じきっていたからだ。

だが、ギルド側の人間であるヘクトと共に現れたということは、ラウラリスの言っていることが真実であることを意味していた。

「まさか……貴殿、我らを謀(たばか)ったのか！」

「ち、違う！　私は――」

外套(がいとう)姿の男に睨みつけられると、言葉を交わしていた男は首を左右に振り、顔色を蒼白にする。

ラウラリスが捕まったという情報は彼がもたらしたのだから、外套(がいとう)姿の憤(いきどお)りも当然だ。

ハッとなった男は、慌てた表情で入り口にいる二人の方へと振り向く。

「ヘクトさん！　これはその」

「今更取り繕ったってもう遅いんですよ、ユダスさん」

いつもの笑みのまま。いつもの声色のまま。けれども冷徹さを感じさせる言葉に、男の――ユダスの喉が凍りついた。

「あなたが立場を利用し、『亡国』の幹部――ビスタに物資を横流しし、それらの事実を隠蔽していたことは、もうバレているんですよ」

「そんな……」

言葉を失い呆然自失となったユダスは、膝から崩れ落ちた。

「そこの職員たちも言い訳は無用。あなたたちが関わった裏取引は全て把握しています。ここだけじゃない。『亡国』との取引に関与していた元職員たちの元には人が回されています」

ユダスに同行していた元職員たちも揃って絶望を顔に浮かべて地に項垂れた。彼らはこれまでユダスに追従し、おこぼれで甘い汁を吸っていた者たちだ。同情の余地はない。

この倉庫に赴いたのはラウラリスとヘクトだが、他の場所にはリベルやバイスの他、アクリオが雇った誰かしらが派遣されている。ここを含めて、実働組の他にも色々と人員が配置されており、強襲場所から誰一人として逃さないように包囲が敷かれていた。

ここまで大規模に人を動かせば色々と外部に漏れ出そうであるが、アクリオは「問題ありません」と答えるだけだった。どうせまた悪巧みの範疇なのだろう。

ラウラリスが商会長の胡散臭い笑みを脳裏に浮かべていると、外套を羽織っていた男が頭部を覆っていたフードを脱ぐ。露わになった顔は憎々しげにラウラリスたちを見据えていた。

「なかなかに良い面じゃないか」

「剣姫……どこまでも忌々しい存在だ」

悪党が企みをご破産にされた時に浮かべる怒りの表情。ラウラリスにとっては娯楽の一つだ。正面からぶつけられる殺気についつい口の端が吊り上がってしまう。

ヘクトが思い出したように言った。

「シィガ。ビスタではなく他の幹部に従っている男で、ギルドが手配犯として危険視している武闘派です。幹部ほどではありませんが、結構な額の賞金がかけられていたはず」

「じゃぁ、とっ捕まえたら賞金が出るのかい？」

「おそらくは。この件は表に出せないので、もしかしたらギルドが出し渋るかもしれませんが、叔父がどうにかしてくれるでしょ」

「よっしゃぁ、やる気出てきたよ」

近所に遊びに行くような軽々しい雰囲気の二人に、シィガと呼ばれた男の殺気が膨れ上がる。己を小遣い稼ぎの道具扱いされれば当然か。

「職員どもの処分は後回しだ。まずは貴様らを殺し同志ビスタへの手向けとしよう」

外套を翻し、腰の後ろから引き抜いたのは大ぶりの戦鎚だ。他の『亡国』の構成員たちも各々が武器を取り出した。ラウラリスがこれまで戦ってきた『亡国』の構成員に比べれば、なかなかに堂に入った構えだ。

「気をつけて。シィガの配下ということは、『亡国』の中でも戦闘力はかなり高い方です」

「『かなり』程度ならまぁまぁ余裕だよ」

慢心からくるものではない、純然たる事実としてラウラリスは軽く言った。

ラウラリスとヘクトは徐に倉庫の中へと歩き出した。これから戦いに赴くとは思えない気負いのない歩き方、立ち振る舞い。彼女たちがどのような心境でこの場にいるかが窺い知れる。緊張を挟むほどではないと、見る者に感じさせた。

これから相対するシィガたちにとって、どれほどに屈辱的であるか。自分たちの存在はそれほどまでに軽いものなのか。

まずはシィガの背後にいた数名が同時に駆け出す。シィガの号令を待たなかったのは、ラウラリスたちへの殺意が抑え切れなかったからだ。

感情というのは、時には個人の能力を限界以上に引き出すきっかけとなる。特に怒りの感情は肉体の潜在能力を解放し、格上の敵に一矢報いるほどの力を発揮することもある。

もっとも、限界を超えたところでどうしようもない相手というのはいるわけで。

ラウラリスが長剣を、ヘクトが斧槍を振るえば、挑んだ構成員が血反吐を撒き散らしながら吹き飛ぶ。千切れた誰かしらの片腕がシィガの側を横切り、頬に血がこびりつく。

「今更にはなっちまったし無駄だとは思うけど、建前は必要だから一応は言っておく」

「建前って……」

剣を担いで堂々と言ってのけるラウラリスは、ヘクトの呟きを華麗にスルーする。

「無駄に抵抗すりゃぁ死人が増えるだけだからさっさと降参しな。いくら悪党でも無抵抗の相手を殺すのは気持ちがよろしくない――いや、抵抗してくれた方が後腐れなく始末できるからいいんじゃね？」

「山賊に遭遇した時もそうでしたが、これじゃどちらが本当の悪党かわかりませんよ」

どこまでも軽いやりとりを続けるラウラリスとヘクト。仲間の勇み足に苦言を申す機会すら失ったことも加えて、シィガの怒りは頂点に達する。

「あの小娘と男を殺せぇぇ！」

一斉に向かってくる『亡国』の面々を前に、ラウラリスは獰猛な笑みを浮かべると長剣を担ぎ駆け出す。やれやれと肩を竦めるヘクトも、斧槍を両手に持つと少女の後に続いた。


金属と金属の衝突音。火花が飛び散り殺意が交錯する。

「はっはっは、やるじゃないか！　これまでやり合った『亡国』の中じゃ一番まともだ！」

「抜かせっっっ！」

愉快げに剣を振るうラウラリスとは対照的に、必死の形相で戦鎚を振るうシィガ。賞賛を口にはしたが、果たして受け止める余裕が今のシィガにあるかどうかだ。

なるほど、ギルドに手配犯として認定を受けるだけあり、シィガの実力は相当なものだ。武闘派というのも頷ける実力だ。

『亡国』における戦闘の常套手段は、さまざまな手法によって人間を強化して作り上げた狂戦士。超常現象の技たる呪文の類いを使ったものや、寿命を縮める劇薬を用いたもの。どれもこれも邪法と断じて然るべきの行いだ。

だが、シィガはその気配がない。目的はどうあれ、純粋に自らを鍛え上げた積み重ねが戦う様から窺い知れた。少なくとも、ラウラリスが力押しのみでは圧倒できない程度には鍛え上げられている。そこらの銀級ハンターでは厳しい相手だ。

「こいつはどうだい？」

「ぐぅぅっっ⁉」

掬い上げるような長剣の振り払いを受け、後ろへ弾かれるシィガ。今の一撃も、生半可な技量では弾かれる間もなくその場で躰を両断されていた。圧倒的な膂力の差を受け流す技量もあるようだ。ラウラリスもある程度認めるほどの実力を有しているのであれば、シィガも理解しているはずだ。己の実力では剣姫に届かない。どう足掻いてもこの場を打開する術がないと。

それでも彼を戦いに駆り立てるのは、胸中に宿した忠誠心。一度たりとも目にしたことがなければ、一度たりとも声を聞いたことのない、かつて滅亡した国家の盟主へ抱く信奉。悪徳皇帝ラウラリスへの想いに他ならない。

（つくづく救えない奴らだよ）

シィガの実力を認めるラウラリスであったが、だからこそ一層に哀れみが込み上げる。

本来であれば傅き崇め奉る対象こそが、帝国の滅亡を望んでいたという事実。もし彼らが知ればどのような心境を抱くだろうか。

いや、仮に知ったところで彼らは止まらない。

『亡国を憂える者』が信奉しているのは、世界征服を目論んだ悪徳皇帝。自分たちの思い描くエルダヌス帝国の盟主こそが全てであり、あの時代に生きた悪の皇帝ではないのだ。

世界平和という大願を叶えるために、ラウラリスは多くの悪行に手を染め数多の血を流した。『亡国を憂える者』の存在は、その犠牲になったあらゆるものを否定する。

故に、ラウラリスは決して見過ごすことはできないのだ。

「かぁぁぁぁぁっっ!!」

「おっとっと」

わずかばかりの感傷に浸るラウラリスは、打ち込まれる戦鎚を長剣の面で受け流し、返しに後ろ蹴りを見舞う。腹部を強打されたシィガはたたらを踏むと膝を折った。戦鎚を支えにしながら倒れるのを防ぎ、苦しげに呻きつつも憎悪の籠った視線でラウラリスを睨む。

「……どこまでも忌々しい女だ。戦いの最中に考え事とはとことん舐めてくれる」

「ああ、悪い。『亡国』と戦ってると、どうにも気が逸れて仕方がない」

『亡国』に属するものとはいえシィガも一介の武人。戦いの最中に、ラウラリスの剣から心がここにないことが伝わったのか。侮辱しているように感じられたのだろう。もっとも、それを隙と見て果敢に攻めた結果、易々と対処された挙句に手痛い反撃を喰らってしまう辺りに、両者の実力者が窺えた。

頭を掻いてから、ラウラリスは何気なく臨時の相方に目を向ける。

――ラウラリスがシィガと戦っている分、他の『亡国』の面子を引き受けているのはヘクトだ。

斧槍は文字通り斧と槍の特徴を併せ持つ。つまりは双方の心得がなければ扱いきれないが、逆に熟練者の手で振るわれれば非常に強力な武器となる。

「るぁぁっ！」

鋭い気迫と共に振るえば、構成員を一息に吹き飛ばす。防御しようとも関係なく、それごと叩き伏せ薙ぎ払う。安易に距離を取ろうとした者がいれば、下がり切る前に一歩を踏み出し刺突で貫く。時に斧の刃で力強く、時に槍の穂先で鋭く。武器の持ち味を最大限に活かしており、一対十以上と、人数の比で圧倒的な不利でありながら、それを全く感じさせない。斧槍を操る姿には余裕すら感じさせる。

ヘクトが野生の動物や危険種を相手に戦う姿を前にも見ている。あの時と変わらずに、全く不安のない戦いぶりだ。あれならこっちはシィガに専念していて良いだろう。

相方の戦闘から目線を切るラウラリスだったが、視界の端にユダスと元職員たちが映る。戦闘が始まってから彼らは倉庫の片隅まで逃れ、恐怖に震え縮こまっていたのだが。

そこへ、ノロノロと近付いていく構成員の姿があった。よくよく見ると片腕がなく断面からは血が溢れ出している。最初に吹き飛ばした輩か、あるいはその後にヘクトが倒した何某か。問題なのは、構成員が残っている方の腕に剣を携えているという事実。やぶれかぶれになったのか、裏切り者（に仕立て上げたのはラウラリスたちだが）への怒りか。出血多量で意識が朦朧としながらも、元職員たちを見据える血走った目には殺意がこもっていた。

「げっ、マジか」

しまった、とばかりにラウラリスは思わず声を発してしまう。

接近してくる隻腕(せきわん)の存在にようやく気がついたようで、ユダスが悲鳴を上げる。

構成員の足取りは非常に遅く、運動不足の素人(しろうと)でも逃げるのは難しくない。だが、誰一人として動かない。彼らがこれまで過ごした日常からは隔絶(かくぜつ)した戦場の雰囲気や、迫り来る構成員の異様な姿、向けられる殺気に当てられて腰を抜かしたのだろう。

ユダスの上げた声にヘクトもようやく状況を把握したようだったが、彼もラウラリスも今の位置からではどうしても間に合わない。

元職員たち——特にユダスには死なれては困る。彼には『亡国』との間で行った取引の詳細を吐かせなければならないのだ。

「世話を焼かせるんじゃ——ないよっ！」

ラウラリスは構えていた剣を逆手に持つと、槍投げの要領で投げ放った。

剣を振り下ろす直前だった構成員は飛来する刃(やいば)で身を貫かれ、長剣と共に壁に縫い止められる。

己が身に起こった出来事を理解できず、ただ身体を貫通している長剣を弱々しく叩くと絶命した。

一部始終を目の当(ま)たりにしてしまったユダスたちはあまりの惨劇にとうとう限界に達したようで、白目を剥(む)いて意識を失った。

「下手に騒がれるよりはいいか……っと」

ふんと鼻を鳴らしたラウラリスであったが、その場から一歩後退した直後に戦鎚(せんつい)が振り下ろされ地面を砕いた。

「肋に罅を入れたんだが、もう動けるのか。タフだねぇ」

「裏切り者のために自ら武器を手放すか！　どこまでも愚かだな貴様は！」

「愚か者の集団に愚かと言われるとはこれいかに」

「死ねぇ！」

ラウラリスの返しに、シィガは血唾を吐きながら戦鎚を振り回す。内臓にもかなり衝撃が伝わっているだろうに、ラウラリスが無手になったと見て攻めに転じたのだ。

（ちょっとばかしミスった）

次々に繰り出される戦鎚の猛攻を紙一重で回避しつつ、ラウラリスは内心に呟く。剣を手放しはしたが、不利になったかという話ではない。

捕縛適性が銅級程度の盗賊ならある程度痛めつければ降伏もするが、シィガを初めとする『亡国』の人間は盲目なまでの信仰を抱き、死ぬまで戦うような者たちばかりだ。得物もなく無手で制圧するのは難しい。加えてシィガ自身の頑丈度もなかなかのものだ。生半可では手傷を負わせる程度にしかならないけれど、力を加えすぎると今度は殺してしまいかねない。

手配犯の報奨金は生捕で満額が支払われるのが原則であり、対象が死亡すると減額してしまう。捕縛適性の等級が高ければ高いほど、生捕は困難と判断され死亡時の減額割合は減るのだが、どうせなら満額がほしいと思ってしまうのは当然だ。

かと言って生捕に拘る必要があるかと問われれば、そうでもなかったりする。

今回の一斉摘発が終わればラウラリスの手配は解除され、多額の賠償金が支払われる手筈となっており、アクリオのサインがされた契約書も作成している。おそらくはシィガにかけられた報奨金よりも多額だ。ついでに言えば、ラウラリスは多少の贅沢をしながら年単位で過ごす分には十分すぎるほどの貯蓄が既にある。

手間をかけて生捕にするか、サクッと仕留めてしまうか。

高い身体能力と長い戦歴を経て培われた技量と豊富な経験。なまじ余裕があるだけに、行動に迷いが生じる。これもラウラリスの悪癖と呼べるかもしれなかった。

——ガシッ。

足に違和感。視線を一瞬下ろすと、血を流して死に体同然の身でありながら、構成員が血走った目でラウラリスを見上げ彼女の足を掴んでいた。消える間際の蝋燭に等しい命を燃やし尽くし、憎き剣姫に一矢報いようというのだろう。

振り解くのは容易いが、影響は零ではない。ほんの僅かばかりラウラリスの身をその場に留めることに成功はしていた。

「よくやった我が同志よ！　貴殿の献身はかのお方の元に届くであろう！」

千載一遇の好機と見たシィガが、仲間の今際の貢献を褒め称えながら、乾坤一擲の戦鎚を振り下ろす。いかにラウラリスとはいえ、無防備なところに受ければタダでは済まない。

ラウラリスは奥歯を噛み締め、両腕を頭上で交錯させ戦鎚を受け止める体勢をとる。

おそらくこの瞬間、シィガは自身の勝利を確信していただろう。

——ゴギンッッ!!

だが、次の瞬間に響いたのは肉を潰し骨を砕くにしてはあまりにも硬質すぎる音であった。

「がっ……ぁぁがぁぁっ……はぁっ……!?」

ふらつきながら後ずさるのはシィガ。

「ふぅ……どうにか間に合いましたよ」

対して、胸中に溜まった息を吐き出しながら呟くのは、斧槍の柄を水平に構えたヘクト。シィガの戦鎚がラウラリスに届く寸前に割って入ってきたのだ。

「もしかしたら余計でしたか？」

「……いや、痛い思いをしないようで助かったよ」

背後を振り返ったヘクトだったが、ラウラリスの頬には冷や汗の一つもなかった。つまり彼女にとって特別に焦るような事態ではなかったということだ。

不意打ちならともかく、あのタイミングであれば全身の筋肉と関節を固めて防御力を増す『不壊』で十分に受け切ることができた。あるいは間に合わなくとも打身程度で済んでいた。とはいえ、助けられた事実は変わらないので礼は口にする。

「き……貴様ぁっ……」

一方で、シィガは血走った目でヘクトを睨む。必殺の一撃（と思っているのは当人のみ）を防がれたことへの怒り――にしてはいささか様子がおかしい。改めてシィガを見据えるラウラリスだったが、僅かばかり目を見開く。

戦鎚を振り下ろした右腕が、あらぬ方向に曲がっている。折れた骨が肉を破って露出し、夥しい量の血が流れ出ていた。先ほどの音は、戦鎚と斧槍の衝突音だけでなく、シィガの骨が折れた音も含まれていたのか。

戦鎚が届くよりも速く斧槍を振るい、シィガの腕を折ったのだろう。だが、ヘクトの構えは防御の体勢であった。あの瞬間にラウラリスの目に止まらぬ速度で得物を振るったのか。

「邪魔をするな……ハンターごときがっ！」

シィガはへし折れた右手から左手に戦鎚を持ち替えながら、言葉を吐き出す。凄まじい激痛に指先を動かすだけ、呼吸をするだけでも苛まれているだろうに、戦意はいまだに衰え知らず。むしろ激痛がさらなる怒りを呼び覚ましているのだろう。

「ごときとは失礼ですね。これでもそこそこに名の通っている自覚はあるんですがね」

「通ってるのかい？」

「ラウラリスさん。ちょっと空気を読んでください」

思わずラウラリスに言葉を返してしまうヘクト。

必死の形相を浮かべる自身を前にして二人の軽いやり取り。この期に及んで自らを小物扱いする彼女たちに、とうとうシィガの憤怒が頂点に達した。

「――――ッッッ!!」

もはや人語にすらない叫びを発しながら、ヘクトに飛びかかるシィガ。型も技もあったものではなく、衝動に任せて戦鎚を叩き落とす。

「あなたも、いい加減にうるさいですよ」

ヘクトはつまらなそうにボヤくと斧槍を旋回させ、刃(やいば)のない石突側で迫り来るシィガの胴を打ち据えた。ボキボキと嫌な音を響かせながら斧槍の石突がシィガの肉体にめり込み、玉突きのように勢いよく弾き飛ばされ、倉庫の隅に積まれた荷物の山に激突し、降り注いだ何某(なにがし)らに埋もれて動かなくなった。

「おいおい、殺してないだろうね」

「感触的に肋骨(ろっこつ)の二、三本は折れているでしょうが、あの鍛え方なら死にはしないでしょう」

呆れた顔のラウラリスに、ヘクトは斧槍の柄で軽く肩を叩きつつ言うのであった。

シィガが倒れたところで戦いは決着した。『亡国』の構成員の大半は戦闘不能か死亡――後者の方が比率は高い――しており、一方で不正職員たちは全員が無事であった。もっともこちらも恐怖のあまりに意識を失っていたり下半身が酷いことになっていたりしたが、命に別条がないことに違いはなかった。

ヘクトが一旦倉庫に出て少ししてから、二十近くの人員と共に戻ってくる。アクリオが手配した、職員や構成員の逃亡防止、及びに後始末を請け負っている者たちだ。全員が口元を覆っており人相を把握はできないが、覗く視線は冷たい。死屍累々(ししるいるい)の現場に足を踏み込みながらもいささかの動揺もなかった。こういった光景は慣れているのだろう。

「助かりましたよ、ラウラリスさん。おかげで職員は全員無事だ」

「あいつらにとって、助かって良かったのかはわからんがね」

肩を竦めるラウラリスの見据える先は、運び出されるユダスたちの姿だ。倉庫の外には馬車が停まっており、手早く職員らが収容されていく。彼らの行き着く先によっては、この場で命を拾ったことは人生で最悪の不運となってしまうだろう。

——これはユダスを尋問した末に判明したことである。

ユダスは元々、生真面目で口うるさいきらいはあれど、優秀な人材であった。本来なら不正に手を染めるような男ではなかったのだが。

よくある話だ。真面目な人間ほど、悪い遊びにのめり込む。取引相手との接待の際、賭け事に付き合わされたら見事にハマってしまったのだ。

で、ある日に高額レートの賭けに手を出してあえなく撃沈。真っ当に働いて返すには難しい額の借金を背負うことになる。ユダスはこの時点で既に会長秘書の役職についていた。賭け事の負債が露見すれば今の役職を下ろされる可能性がある。その上、あまりにも借金が多すぎた。

結局、ユダスが選んだのはレヴン商会の品の横流し。しかも、よりにもよって相手が『亡国を憂える者』の幹部であるビスタだったから困った話だ。おかげでユダスは借金を返すことに成功したが、今度は横流し業に味を占めてしまい、以降は『亡国』との取引を続けるようになったという。三文芝居にありそうな転落劇である。

拠点の砦でボヤ騒ぎを起こしたのも、ユダスが手を回した者だ。『亡国』の構成員の中で隠密に優れている者を派遣し大急ぎで取引の証拠を破棄しようとしたのだとか。実際には破棄に成功したのだが会長がラウラリスを指名手配したのだから大焦りだ。会長が動いたということはつまり、ラウラリスがレヴン商会の重要証拠を握っているということ。つまりは現職員と『亡国』との取引内容だ。

副会長ヘイルズとラウラリスの会合にユダスが乱入してきたのもこれが理由だ。ラウラリスが握っている（と思っていた）証拠が流出する前にいち早く彼女を捕え、証拠を確保すると同時にラウラリスの口を封じるつもりであった。

だが結果は失敗。いよいよ追い詰められたユダスは身の安全を確保するために、己と同じように取引に関わった者と共に、『亡国』に身を委ねようとしたのだ。

――以上がユダスに関わる此度の顛末である。

「自業自得ですよ。ユダスさ――ユダスに至っては、秘書という重要な役職に就いていながら、商会を裏切っていたのですから」

「…………」

「安心してください――というのは変ですが、叔父は辣腕で狸と呼ばれるくらいに色々と後ろ暗いこともしていますけど、血も涙もない冷徹な男ではありませんよ」

ラウラリスの沈黙を気遣いと受け取ったのか、ヘクトは彼女の方を優しく叩――ペシン。すげなく払われた。

「あれ？　今のちょっといい雰囲気じゃありませんでした？」

「派手な勘違いをしてるんじゃない。私の肩はそんなに安かない」

ラウラリスからして、ユダスたちがこの先どうなるかなんて知ったことではない。誰彼構わずに情を抱けるほど博愛主義ではないのだ。こういう時の彼女は辛辣だ。

「あははは……と、とにかく。厳しい処罰は免れないでしょうが、問答無用で殺されるようなこともないはずです」

「処罰だけとは、随分とお優しいことで」

「『亡国』に関わり合いを持ったとはいえ、彼ら自身はおいたのすぎたただの商人。取引した品も、違法性が高いものではありませんでしたから。まぁ、二度と商人としては再起できないでしょうがね」

覆面人員は不正職員を馬車に積み終えると、そのまま手早く構成員の死体やら何やらも倉庫の外へと運ぶ。こちらも手慣れた動きだ。

「『亡国』の連中はどうすんだい。死体にしても生き残りにしても、まさか商会の管理する建物に持ち込むわけでもないだろ。山に埋めるのかい？」

「そちらはそちらでちゃんと手配していますよ。ここから運んで別の場所で引き渡す手筈になっています。もちろん、あれらに関してはユダスたちほどの温情はないでしょうがね。結果的に山に埋めることにはなるかもしれませんけど」

「人様にさんざん迷惑をかけてきたんだ。せめて肥料になって自然の一部になりゃぁちっとは世の役に立つだろう」

「ですからちょくちょく発言が物騒すぎますってば」

——覆面人員の迅速な運び出しによって、倉庫の中にはラウラリスとヘクト以外の人影はなくなっていた。他に残っているのは崩れた荷物や飛び散った血潮だけだ。この倉庫は後日、無事な荷物を移動した後に破壊し更地にするらしい。

「さぁ、これでラウラリスさんも晴れて自由の身。いや、重ね重ねになりましたが、あなたには大変ご迷惑をおかけいたしました。加えて、商会の抱えていた問題の解決へのご尽力。この恩はいずれ、必ずお返しさせていただきますよ」

ヘクトは慇懃無礼な風にラウラリスへ謝罪を述べる。彼がそういうポーズをあえて崩さないのはラウラリスも承知はしていたが、浮かべる視線には冷気がこもっていた。

「……おや、ご機嫌を損ねてしまいましたか」

「今更あんたの胡散臭さに文句を言うのも馬鹿らしい。それよりもあんた、今言ったな。恩を返すって」

「ええまぁ。商会としても謝礼金の他に便宜を図るつもりですが、何よりも僕個人がラウラリスさんにお返しをさせていただきたいと。……僕個人ができることなどタカが知れているかもしれませんが」

「だったら、この場で返してもらおう」

第十二話　ババァのサイン

ラウラリスが発した言葉に、ヘクトが息を呑んだ。予想外の申し出——というだけではない。少女の発する気配が、今にも剣を抜きかねないほどの鋭さを帯びていたからだ。シィガと対面していた時以上の緊張感がある。

「身構えなさんな。ちょっとした質疑応答ってやつだよ。私の質問に正直に答えてくれりゃぁいいだけの話だ」

刃（やいば）のような切れ味を持つ気配を収めぬまま、ラウラリスは気軽な口調で続ける。

「——で、どのようなご質問がおありで？」

「この件に私を巻き込んだ真意ってやつを聞きたくてね」

「真意……ですか」

「アクリオから色々と事情を聞いて一度は納得したんだがね、やっぱりどうしても腑（ふ）に落ちないんだよ」

ラウラリスがレヴン商会の内部騒動に巻き込まれたのは、ヘクトの誘いが発端だ。あの時は伝達不備でありヘクトのミスという形にはなったが——

「短い付き合いだが、アンタが優秀だってのはわかる。いちいち腹が立つし胡散臭（うさんくさ）いし殴ってやりたいと思ったことも何度かあるが、肝心なところじゃ絶対にヘマをしない男だ」

「お褒めに与り光栄で――え、褒めてます？　それ本当に褒めてます？」

ヘクトの切なる問いを、ラウラリスは無視して続ける。

「だからこそ、私がリベルたちとかち合っちまったあの件には強い違和感がある。アンタなら会長がどう動くのか予想できたはずだ。仮に私のことを会長当人に伝えられなくとも、私には予想を伝えられた。でもアンタはそれをしなかった」

ヘクトに対する反応を見る限り、商会長も彼の勝手具合には手を焼いているのは想像できる。だが、本当にヘクトが身勝手極まりない人間であれば、ああも裏の事情を話し大事な部分で起用などするものだろうか。

商会の裏事情に関わる仕事を任せるほどに、アクリオはヘクトを重宝していた。大事なところでは決して裏切らないという信頼があった。

きっと、ラウラリスの件に関してはアクリオも本当に予想外だったに違いない。

言い換えれば、ヘクトがアクリオにとっての予想外の真似をしでかしたということになる。

この差異。果たしてヘクトの失敗と断じて良いものか。

「つまりこう言いたいわけですか。『僕はわざとラウラリスさんが商会長に指名手配されるように動いていた。諸々の伝達不足は僕が意図的に行っていたことである』……と」

「手配犯云々はともかく、私を面倒な形でこの騒動に巻き込みたかったんじゃないかとは思ってるよ」

他人事のように問うヘクトとは対照的に、ラウラリスの表情は険しい。怒りを感じているというよりも、己の出した答えに今もなお疑問を抱いているという風。彼女にしては非常に珍しい。だが、その様子を前にヘクトはどことなく楽しそうであった。

「自分で口にしていて、あまり納得していないといった感じですね」

「証拠らしい証拠がない上に、根拠は私の違和感だけだからね。アンタがこの場で否定すれば終わるだけの暴論だ」

ヘクトが何かしたとすれば最初の一手のみ。以降はラウラリスに協力的に動いていた。少なくとも、今現在までラウラリスに不利益になるような行動はとっていなかった。彼女を陥れようとしていたならば、いくらでも機会があったはずなのだ。

「何より理由がない。あの狸親父が信頼するほどの人間が、こんなことをする意味が全くもってわからないんだよ」

人間が行動するには理由が必要だ。もしかすれば気まぐれで動くこともあるだろうが、ヘクトは違う。彼が動くとすればそこには明確な理由がある。少なくとも、本人なりの考えがあって事を起こすはず。ラウラリスはヘクトという男をそう評価していた。

だからこそ、疑問を口にし違和感を説明してもラウラリスは己の論に不審を抱く。彼女の中に、自ら疑問を解く答えは存在していないのだ。

「つまりは、それがラウラリスさんが僕に求める『恩返し』ですか」

「ああ……」

貸し借りの話かどうかと問われると、どちらかと言えば情に訴えかけているようなものだ。この先はヘクトの胸三寸。彼次第でいかようにも変わってくる。他者に先を委ねているに等しく、ラウラリスの表情は苦々しい。

しばらくラウラリスの顔を見ていたヘクトは、不意にクスリと笑った。

「今の、笑うところか？」

「いえいえ。ラウラリスさんもそのような表情を浮かべるのかと。また一つ、あなたの魅力的な面を目にすることができて嬉しくなってしまって」

何を言っているんだこいつ、と怪訝に眉をひそめるラウラリス。彼女にしてみても、今のヘクトはただ笑っているだけなのに、彼女がこれまで見てきたどんな彼とも違って見えていた。

いや、あるいは──

「さすがはラウラリス・エルダヌス。その慧眼、感服いたします」

「────ッッ!?」

ラウラリスが向けていた威圧の刃が払われ、逆にヘクトの言葉が己の心臓へ突きつけられたような感覚。これほどまでに戦慄する切り返しを受けたのはいつぶりか。

この男は今、ラウラリスのことを『エルダヌス』と呼んだ。

新たな生を享けてから、ラウラリスは一言も口にしたことのないその名前を、だ。

初めて見せるラウラリスの大きな動揺をよそに、ヘクトは続ける。

「まずは結論から申しましょう。おおよそ、ラウラリスさんのおっしゃる通りです。ラウラリスさんや叔父への伝達をしなかったのは僕が意図して行ったことです」

「……存外、すんなりと認めるんだね」

ラウラリスは胸中の動揺を呑み込み平常心を取り戻すも、額から流れる一筋の汗だけは止められなかった。

「ただ一つ付け加えるなら、親父殿と会っている時にユダスが割り込んできたのも、僕が情報を流したからです。もっとも情報の出どころが僕だというのは伏せてありましたがね。おかげでなかなかに面白いことになりましたよ。親父殿やユダスのあの顔と言ったら、思い出すだけで笑いが込み上げてくる」

一瞬、殴ってやりたい衝動に駆られたが、拳を握る前に抑え込む。ここで物理的に口を塞いでしまえば話を聞くどころではない。何より己のことを『エルダヌス』と呼んだヘクトの本意を聞いていないのだ。

もどかしさを感じつつも、ラウラリスは黙ってヘクトの語るに任せる。

「こう見えて、僕は商会の仕事にだけは真面目でしてね。叔父――アクリオ商会長から裏の仕事を任される程度には信頼を受けているんです。命令を反故にしたことだって一度もないんですよ――ラウラリスさんの件を除けば、ですが」

本人の言葉をそのまま信じれば、普段の素行はどうあれ、アクリオがヘクトに向ける信頼は本物だったのだろう。おおよそがラウラリスの推測通りということだ。

「もとより、ラウラリスさんへの興味は以前から持っていました。突如として現れた凄腕の賞金稼ぎ。その上で可憐な美少女とくる。少しばかり裏から手を回してパーティーに参加していただいたりもしましたが、実はそれで概ね満足はしていたんですよ」

「……最初は、レヴン商会のゴタゴタに巻き込むつもりはなかったって言いたいのかい？」

「ええ。『アレ』を見るまでは、ですがね」

ヘクトが笑う。彼女とパーティーで踊った時に見せた、あの笑み。瞳の奥に冷たさを宿した微笑みだ。

「本筋からは少し外れてしまいますが……子供の頃の僕が本の虫だったという話は覚えていますでしょうか？」

「確か、その時に読んだある冒険家の日誌が、ハンターになるきっかけになったってやつか」

「ええ。実はあれ、三百年ものの年代物でしてね。その人物がかつて仕えていた国の滅亡から話が始まり、死ぬまでに歩んだ冒険の軌跡を記したものでした。熱中して何度も何度も読み込みました」

『三百年前』『滅亡』という単語。もしかしたらという感情が込み上げてくる。

「具体的にどの国に仕えどのような人間に忠誠を誓っていたか、大事な部分は伏せられていましたが、年代を考えれば想像に難くない。とはいえこれは余談です。実はもう一つ、本ではありませんが僕のお気に入りがあり、これこそが今の話の本命です」

ヘクトが取り出したのは、折り畳まれた紙片。一目で年代物とわかった。

「そいつは？」

「エルダヌス帝国最後の皇帝直筆の手紙ですよ」

いよいよ、ラウラリスが大きく目を見開いた。

息を呑む少女の反応に満足げなヘクトが紙片を開く。

「内容そのものは重要性も何もない、世間話のようなものです。ですが、かの悪逆皇帝に纏わるものは現存数がとても少ない。名前入りとなると、もしかしたらこれだけかもしれません。出すところに出せば破格の値がつくでしょう」

ラウラリスは勇者に討たれる直前に、己に関わる資料の多くを破棄していた。特に自分が記したものに関してはお触れを出してまで徹底的に回収させた。僅かな文脈からでも己の真意を悟らせないためだ。

ヘクトが手にしているものは、それを逃れた貴重な一枚ということになる。

「エルダヌス皇帝の素性に関する資料はともかく、外見は多くの資料が残っています。血のように紅い目と雪のように白く美しい髪。身の丈にも迫る巨大な剣を携え、戦場においては悪鬼羅刹の如くに災禍を撒き散らした、と。ラウラリスさん。あなたの容姿は、エルダヌス皇帝の特徴と合致している。戦い方も同じだ」

外見的なものは、他国の資料が元になっているのだろう。悪鬼羅刹というのにそこはかとない悪意を感じるが、最前線で大暴れしていたことを考えればあながち否定もできない。

ようやく、ヘクトの本意がラウラリスにも理解でき始めていた。いかに歴戦の勇姿であり激動の時代を駆け抜けたラウラリスとて、こればかりは予想もできなかった。

「正直、これらはラウラリスさんに興味を抱く一因でしかなかった。可憐な少女とお近付きになればそれでよかった——アナタのサインを目にするまではね」

「サイン——まさかっ」

思い出すのは、竜の素材を売却する際に記したサインだ。アレのことを言っているのか。

手紙の表側をラウラリスへ向けるヘクト。右下には『ラウラリス・エルダヌス』の名前。

「目を疑いました。御伽噺にまでされている悪逆皇帝のサインと、出会ったばかりの少女が記したサインが全く同じなのですから」

筆跡とは個人を証明するのに重要な痕跡。長年の癖、慣れというのは個人の特徴がよく出る。筆跡の鑑定を営む人間がいるほどなのだ。

「手紙が偽物だって可能性もあるじゃないか」

「考えられませんね。王侯貴族の名を騙るなんて、人民にとってはご法度中のご法度。中でも最凶最悪で知られるエルダヌス皇帝の名を詐称する愚か者が当時にいたとは考えられない。発覚したら一族郎党皆殺しだ」

私もそこまではしねぇよ、とツッコミを入れたくなる。幸いか、確かに皇帝の名を騙るような馬鹿は民草には存在していなかった。稀に近しいことをしでかす馬鹿な貴族もいたが、一族の私財を全て没収した上で草木も生えないド辺境に左遷する程度だった。殺してはいない。左遷先で野垂れ死んだかもしれないがその辺りは自業自得だ。

「アナタのサインを見た瞬間、胸中に渦（うず）巻く感情を押し殺すのに苦労しました。あの場で思わず叫び出しそうになりましたからね」

もうその必要もないと、ヘクトは冷たい笑みを浮かべたまま多弁を振るう。まさに感情のまま、熱に浮かされているといった具合だ。

皇帝に似た容姿と戦いぶり。全く同じサイン。ラウラリスへの興味は強烈な衝動となってヘクトを突き動かした。もはや単に接点を作るだけでは収まらないほどに。優先すべき商会の仕事をも押しのけるほどの欲求がヘクトの中に生じた。

「確かめたくなったんですよ。ラウラリスという人物が果たして何者なのか。かの悪逆皇帝とどのような関係があるのか」

「だから私を巻き込んだのか」

人は有事の時にこそ本性を露（あら）わにするもの。普段は賢（さか）しくとも戦地に赴（おもむ）いて小物と成り果てる者もいれば、逆に平時は小物でありながら戦ともなれば奮闘してみせる英傑だって存在する。人となりを確かめたければ、戦場に放り込むのが一番だ。

問題に直面した際、ラウラリスがどのような行動に出るのか、ヘクトは確かめたかったのだ。

「にしたって、やりすぎだろう。下手すりゃぁ商会が丸々吹っ飛ぶ危険もあっただろうに」

「まさしくあなたの言う通りだ。あの時の僕はどうかしていた。こればかりは偽りようのない事実。認めるしかありません」

自分でもあり得ないと思いつつも、ラウラリスのサインを目にした時の衝動は、理性を上回るにたるものであったということだ。

「おかげさまで大変に興味深いものを見させていただきました。この騒ぎの一部始終を間近で拝むことができたのは最高でしたね。これだけでも十二分すぎるほどに価値があった」

「巻き込まれた身にしちゃぁ迷惑千万だったよ」

「でも、『亡国』の物資に関する補給網を迅速に潰すことができた。ラウラリスさんにとって、不利益ばかりではなかったはずだ」

「ものは言いようだな、ったく」

一概に、ヘクトの言い分も否定はできなかった。

ユダスの破滅は既定路線であっただろうが、おそらくはもっと先の話だったはずだ。ラウラリスが介入し、献聖教会(けんせい)のビジネが動いたからこそ、ここまで一気に事が進んだのだ。状況は掻き回されてしまったが、結果的に良い方向に転じたと言っていいだろう。

もちろんこれは結果論。ラウラリスの言う通り、一歩間違えればレヴン商会の存続すら危ぶまれる大惨事に発展していた。

「ここまでやって満足か。アクリオにバレたらアンタ、ただじゃ済まないだろ」

「でしょうね。叔父(おじ)は冷酷非情ではありませんが、かと言って単なるお人好しでもありません。僕の身勝手が露見すれば、何らかの処罰が下されるでしょうね。これは困りました」

嘆く素振りの一方で、ヘクトは冷たい笑みのままだ。悲観というものが全く感じられない。自暴自棄になった、ともまた違うように見える。

「――なのに、まだ足りない」

顔に手を当てて首を横に振るヘクト。

「容姿にそぐわぬ武力に可憐な歳に似合わぬ豪胆さ。アナタのことを知れば知るほど、満足という感情が遠のいていく。今、僕の目の前にいる少女が、長き時を戦い抜いた英傑と言われても納得してしまいそうだ」

演目の役者を気取ったかのごとき素振りに、ラウラリスは嫌なものを感じる。

「だから僕はふと思ってしまったんですよ」

空気が徐々に張り詰め、破裂を間近にしたような気配だ。

「もしかしたらこの可憐な少女は、かの悪逆皇帝『ラウラリス・エルダヌス』の生まれ変わりなのでは、と」

「荒唐無稽な話だ。正気を疑うね」

「ですが、アナタは先ほど『エルダヌス』の名を呼ばれて動揺した。違いますか？」

即座に断じたラウラリスに、ヘクトは笑い声を噛み殺してから指摘する。ラウラリスは数分前の己を叱責したくなった。

「ええもちろん。ラウラリスさんの反応がどうあれ、これが僕の妄想に過ぎないということは承知しています。ですが、アナタへの興味は強まる一方なんですよ」

非常識とは理解していながらも、自らの考えを否定しきれない。

「ラウラリスという人間が何者なのか、僕は知りたくて仕方がないんです。正直に言いますと、ここまで一個人に執着したのは生まれて初めてかもしれません」

「その一個人としてはいい迷惑だよ」

――興味や欲のためであれば、それまで培ってきたあらゆるものを注ぎ込む。

初めて会った時にヘクトへ抱いた印象はまさしく的中していたようだ。彼は築き上げた地位も名誉も信頼も何もかもを費やし、ラウラリスの本質を見定めようとしている。この時ばかりは己の慧眼を疎ましく思いそうになった。

「満足していないと言ったが、だったらこれ以上どうするつもりだ。はっきり言って、私はもうアンタと関わり合いになりたくない一心なんだがね」

四天魔将の一人『湖月のアディーネ』は恐れられつつも、磨き上げられた美貌と強さに惹かれるファンも多かった。だが同時に、熱狂的すぎて粘着質を帯びた者もいたようで当人はよく愚痴を漏らしていた。かつての配下の気持ちが少しだけわかってしまうラウラリスだ。

「僕もそれをずっと考えていたんですよ。これ以降、僕はアナタを遠目で観察するしかなくなる。身近で見られるのは、この瞬間が最後のチャンスであると」

ビリッと、ラウラリスの背筋に走る痺れ。張り詰めていた糸が、限界に達し千切れる感覚。

――――ガギンッ!!

金属音の根源は、振るわれた斧槍と防いだ長剣の衝突。

「なんのつもりだ」

「ラウラリスさんを深く知る唯一の方法はもうこれしかないと思いまして」

一息にも満たない間に互いの得物を引き抜いた二人。

「もはやどれだけ言葉を尽くしたところで、ラウラリスさんが答えてくれないのは明白。ならば僕は身をもってしてアナタを理解するのみ」

「どう考えたって武人のそれだよ。アンタの柄じゃないはずだ」

ラウラリスの怒気を孕んだ目と、ヘクトの冷たさを帯びた眼差し。至近距離で互いの視線が絡み合う。武器を間に挟んでいなければ、ラブロマンスの演目と称されても不思議ではない光景であろう。

「僕らしくないというのは間違いないんですが、今回ばかりは特別です。ラウラリスさんの戦う様子は何度か見させてもらいましたが、未だにアナタの『底』が全く見えてこない。これを機に確かめたくなったというのもあります」

「……ちっ」

忌避したいという感情の一方で、ラウラリスの分析癖が顔を出す。

相手の『底』が見えていないのはラウラリスも同じだ。数日間の同行で野生動物や危険種と戦っている時も、『亡国』を相手に大立ち回りをしている時も、ヘクトは一度たりとも本気を出していなかった。ラウラリスと同じくどこまでも余裕を保っていた。

バチンッと、申し合わせたように刃を滑らせて、互いに間合いを離すラウラリスとヘクト。

一息を入れ、ラウラリスは大きく長剣を振るう。

「良いだろう。お望み通りに付き合ってやる。ただし、私が勝ったら金輪際、私に関わるな。それが条件だ」

ラウラリスの言葉を受け、ヘクトは満面の笑みを浮かべて斧槍を構える。

「お約束しましょう。ちなみに僕が勝ったらどうします？」

「勝ってから好きに考えろ！」

戦いの合図は、ヘクトが斧槍をラウラリスに向けた瞬間に終わっている。

ラウラリスは吠えながら長剣を担ぐように駆けると、力を込めてヘクトに叩き込んだ。

――少女の有する力を僅かでも知る者であれば、振るわれる長剣を前にした時に選ぶ選択肢は二つ。

回避するか受け流すか。ほとんどの者は前者を選ぶが、適った者はごく僅か。後者は成功した者など片手で数えるほどだ。おおよそはあえなく断ち切られている。

まかり間違っても、正面から受け止めようとする輩は存在しない。いたとすれば、正気を失い判断力を失った類いであり、五体満足で受け止めた者は皆無であった。

故に……

「いやはや、これでまだ全力でないというのだから驚きですね」

斧槍の柄で長剣を受け止めるヘクトは、心底に感心したように呟く。切っ先を澱ませることはなくとも、ラウラリスを驚かすには十分すぎるほどであった。

ラウラリスはヘクトが次の行動を起こす前に剣を引き、再び距離を取る。ヘクトは追撃せず調子を確かめるように斧槍を旋回させるが、衝撃で不調を起こしている様子は一切ない。極めて平常を保っていた。

ラウラリスの斬撃を受けて五体満足であった存在は、今世ではヘクトが初めてであった。

警戒心を強めたラウラリスは一つ、思い出したことがある。

「聞くタイミングを逃していたな」

「何がでしょうか」

「ハンターとしての階級。いったいいくつだ」

半ば予想をしつつも、ラウラリスはあえて問いかけた。

「別にもったいぶっていたわけではありませんが」

ブォンッと、ヘクトの薙(な)ぎ払いが風を巻き起こし、ラウラリスの髪を揺らした。

「これでも金級(ゴールド)のハンターでして。僕の我儘(わがまま)に付き合っていただく以上、ラウラリスさんに退屈な思いはさせませんよ」

第十三話　破城門（はじょうもん）

ハンターの階級は駆け出しの石級（ストーン）から始まり、順に鉄級（メタル）、銅級（ブロンズ）、銀級（シルバー）、金級（ゴールド）、最上位の金剛級（ダイアモンド）と段階が上がっていく。腕に多少の自信のある者であっても銅級（ブロンズ）がせいぜい。優れた能力を持った者の一握りが銀級（シルバー）に。

そして銀級（シルバー）の中でもさらに稀有（けう）な能力を発揮した者だけが金級（ゴールド）となり得る。金剛級（ダイアモンド）は、国家レベルの偉業を成し遂げた者だけが与えられるため、数十年に一人出れば良い方だとされている。

実質的に、ハンターの中で最も位が高いのは金級（ゴールド）だ。今、それが目の前にいる。

ヘクトの勝手な思惑に振り回された強い憤（いきどお）りがある一方で、ハンターの中で頂（いただき）に近しい実力というものには興味があった。このラウラリスの武人気質もヘクトは察しているのだろう。

であるならば、存分に楽しませてもらうまでだ。

――ガギンッ!!

ラウラリスとヘクトがそれぞれ振るった得物が交錯し、凄まじい金属音が反響した。地を揺るがすほどの衝撃が走り、倉庫全体が鳴動する。先ほど戦ったシィガの振り下ろしもなかなかのものであったが、ヘクトの斧槍はそれの比ではなかった。

短い迫り合いの後、ラウラリスは剣を傾けヘクトの斧槍を滑らせる。力の矛先を斜め下に逸らされ、ヘクトは僅かばかりに体勢を崩す。すかさず返しの刃でヘクトを斬ろうとするが。

——ベコンッ！

ヘクトを捉えるはずだった刃が、下から跳ね上げられた斧槍によって逆に弾かれた。剣をかち上げられたラウラリスは力に逆らわずに後退。即座に剣を構えて対応する。

胸中に溜まった息を吐き出すラウラリスの目に留まったのは、ヘクトの足元。靴が地面にめり込んでいる。剣を弾かれる直前に聞こえたのは、彼の足が地面を踏み抜いた音。崩れた体勢を地面を踏み抜くほどの力で強引に立て直したのだ。

「優男にしちゃぁ随分と馬鹿力だな」

「そちらこそ、可愛らしい外見にしてはエグい踏み込みですね」

軽い口調であるラウラリスであったが、その内心は決して楽観的なものではなかった。

警戒心をもう一段階上げるラウラリスに対して、ヘクトは斧槍を手の内で回転させて一気に踏み込み上段から狙う。ラウラリスもニヤリと笑うと長剣で迎え撃つ。

——そこから始まったのは力の応酬。

技も何もあったものではない。ただ純粋な武器の殴り合いだ。

字面だけであれば武に携わる者にあるまじき幼稚な戦い方。けれども、目の当たりにすればそんな口も利けなくなるに違いない。

一撃一撃に相手を叩き潰すという明確な意志が込められたそれぞれの一撃。生半可な覚悟で相対すればたちまち粉砕される。下手に技に走った瞬間に打ち砕かれるだろう。

――ゴギンッ！

「っとぉ！」

幾多の剣戟の末に、一際派手な音と共にたたらを踏んだのはラウラリスだった。己の十倍近い体格を有していた危険種と真正面からぶつかり合い、打ち勝ってきたラウラリスがだ。

よろけたラウラリスを前に、ヘクトは斧槍を後方に向けて大きく振りかぶる。反撃は無理でも、防御は容易いタイミングだ。あるいは回避してからの反撃も可能だろう。

だがラウラリスはその場から飛び退いた。なんら変哲もない振り下ろしを前にただただ回避を選択したのだ。

彼女が退いた直後にヘクトが持つ斧槍の大上段が空を切り、そのまま地面に激突すると――凄まじい破砕音が轟く。刃が届いた地点を中心に半径二メートル近くが大きく陥没し砕けた土砂が高く舞い上がった。

土埃が漂う中で、斧槍を担ぎ直したヘクトは残念そうに呟いた。

「避けられてしまいましたか。初見の相手であれば今ので終わってたんですがね」

「言うじゃないか。どうせ当たらないと踏んでただろうに」

「ま、おっしゃる通りなのですが」

ラウラリスの言葉をあっさりと肯定するヘクト。

最初の交錯にしても、剣をはね上げられた時にしても、ラウラリスの両腕に跳ね返ってきた衝撃は凄まじいの一言だ。体格は特別に優れているという風でもない。ハンターとして荒事に従事しているだけあり、おそらく鍛え上げられてはいる。けれども、見た目の印象と繰り出される膂力の差が圧倒的すぎる。

目を瞑って相対すれば、ヘクトの体格を数倍上回る巨漢を相手にしているような気になる。

これまでラウラリスが対峙してきた、『亡国』の使う『狂戦士』。あれに匹敵する肉体だ。しかし、そのどれよりもヘクトの振るう斧槍は『重い』のだ。

初手の交錯から今の今まで、全然本気ではなかった。あえてラウラリスと『互角』か『少し上』程度を演出していたに過ぎなかったのだ。

本命は地を粉砕するほどの一撃。かろうじて防御もカウンターも可能であると相手に思い込ませて、それをも正面から圧倒的な膂力で打ち砕こうとしていたのだ。

ラウラリスとの戦いが始まってから、ヘクトの立ち回りは至ってシンプルだった。斧槍の扱いは堂に入っているがそれだけであり、ただただ力任せに武器を振るっているばかりだ。

しかし、単なる力任せではない。力に任せるためのあらゆる技術を用いていると言っても過言ではない。余計な『力み』など一切入り込まず、全身全霊を持って『力み』続けている。

まるで全身が一塊の岩のように。故に『重い』のだ。

シィガが最後に腕を折ったのは、目にも止まらぬ斧槍の一撃で打ち据えられたからではない。あれはただ単に己の力に負けて自滅しただけ。

自身よりも遥かに巨大で重い岩を、なんら防具を身につけない素手で殴れば拳が砕け散るのと同じだ。あの瞬間のヘクトはまさしく巨大な岩と化し、シィガから伝わる衝撃の一切合切を全て跳ね返した。だから反動に耐え切れずシィガの腕が折れたのだ。

まさしくあれは『不壊（フエ）』に相違ない。

あの時点でラウラリスは予期しており、今の剛力を目にして確信した。

「またこのパターンか。もうちょっと秘術とか秘伝とか、その手の類（たぐ）いのもんだと思ってたんだけどね。大安売り（バーゲンセール）のしすぎだろ」

間違いない。ヘクトは全身連帯駆動を使っている。

それも、四つある流れの中で最も膂力（りょりょく）を発揮する『弐式（にしき）』だ。


三百年後の今世にも一部の集団に受け継がれているのは知っていたが、こうも使い手と接触する機会が多いのはどういうことだろうか。

しかも、金級（ゴールド）という超一流のハンターではありつつも、商人の息子であるヘクトが学んでいるというのだから意味がわからない。

「僕が全身連帯駆動をどうやって学んだのか気になるようですね」

「人の頭の中を勝手に想像するんじゃないよ……あれは独学で簡単に身につくような生やさしいもんじゃないんだがね」

ラウラリスが全身連帯駆動を会得（えとく）したのは、そうしなければ生き延びることができないほどに幼い頃の彼女が虚弱だったからだ。全身を使って一つの動作を行わなければならない弱さが後に最強となる力を得るに至った。

「独学――とは言い難い。参考書みたいなものはありましたから」

すぐに思い出したのは、ヘクトがお気に入りと呼んだ三百年前の冒険家が記した日誌だ。もし筆者がラウラリスの思い浮かべた通りの人間であるのなら。

「あの日誌には帝国に纏わることはほとんど書かれてはいませんでしたが、冒険の合間に行っていた日々の鍛錬は書かれていまして。もっとも、当時はあれが全身連帯駆動という身体術であるとは知りませんでしたが」

「文章に書かれた鍛錬を実践しただけで習得したってのかい」

日誌を書いたのはおそらく、ラウラリスの配下。四天魔将の一人である『崩山のゲラルク』だ。弐式を扱っていたことから間違いないだろう。

豪放磊落を絵に描いたような巨漢がマメに日誌をつけている場面を想像するのは少し難しかったが。

「あの頃の僕は、日誌に書かれた冒険家への憧れで一杯でしたから。書かれている内容と同じことをすれば彼のようになれると思って、一生懸命でしたよ」

「一生懸命ってだけでどうにかなるもんじゃないぞ……大概にもほどがある」

本人は全く誇る風でもなく照れた様子で口にしたが、とんでもない話だ。

全身連帯駆動は文字通り全身の肉体を余すことなく使うことで初めて効果を発揮する。言い換えれば、筋力や関節の全てを意のままに操れなければならない。使ってこなかった躰の部位を使うというのは、とてつもない苦痛が伴う。自在に操れるようになるにはその苦痛を絶えず繰り返さなければならない。

誰かしらの指導があるならともかく、文章から読み取った鍛錬方法だけで全身連帯駆動をモノにするなど、かの四天魔将ですら無理であろう。

「大概などと……全身連帯駆動の創始者も十分すぎるくらいに異常でしょうに」

遠回しに異常者呼ばわりされてラウラリスはムッとする。ヘクトもわざと言っているのだろうが、あからさまに肯定するわけにもいかずに表情を歪めるだけしかできなかった。

ただし、腹が立ったので口の代わりに剣を出すことにした。

ラウラリスはゆらりと剣を構えると、僅かな初動で一気に加速する。

――ギャリンッ!!

長剣と斧槍の刃がすれ違い火花が散る。攻撃を防がれたことに驚くどころか表情も変えず、ラウラリスは二手三手と次々に斬撃を繰り出していく。ヘクトは腰を低くしどっしりと構えると斧槍を淡々と巡らせて迎え撃つ。

躰を大きく動かし剣を翻すラウラリスとは対照的に、ヘクトの動きは非常にシンプルだ。斧槍を振るい迫る刃を迎え撃つ。技も何もあったものではない。

全身連帯駆動・弐式を用いるヘクトの斧槍には、一撃一撃に巌のごとき重さが込められている。技というものは劣る人間が力に対抗するために用いる手段であるが、逆に弐式を使うヘクトには小技など必要ない。ただ、圧倒的な膂力で打ち返せば良いだけである。

純粋な力というのは、戦いの場においてはそれだけで強さなのだ。

——ギィィィンッ！

幾度かの打ち合いの末、飛び退いたのはラウラリスだ。ヘクトの斧槍の間合いから大きく離れると地面に長剣を突き立て、両手をぶらぶらと振った。

「イテテテ。硬すぎるったらありゃしない」

自ら技を振った反動で全身に激痛が走ることはあっても、戦っている相手から痛みを与えられたことは、おそらく今世では初めてだ。

「ふぅぅぅ……『硬い』だけで済んでいるところが本当にすごいですよ。あれだけ打ち込んでいたら、普通なら武器か腕が先にダメになってるところです」

ヘクトは大きく息を吐き出し、荒れそうな呼吸を整えた。

（踊っていた時にも感じたが、筋力量が尋常じゃないな。常人の倍かそれに近い体重はあるかもしれないね）

ラウラリスはパーティー会場で手を取り合い、ヘクトと共に華麗なステップを披露していた時のことを思い出す。

本気ではなかったとはいえ、ラウラリスが体勢を崩そうとしても微動だにしなかった。軽く舞っているようでいて、ヘクトの体幹はまるで足から根が生えているのかと思えるほどに安定していた。

全身連帯駆動は肉体稼働の効率を極限まで上げることで、常人を遥かに超えた能力を発揮する身体術だ。けれども力の根源はやはり使い手に備わった肉体的な強さ——筋力だ。

もちろん、ただ筋力を高めれば良いというものでもない。余分な筋力は動きを阻害し、すなわち全身連帯駆動の『余剰』となる。柔らかくしなやかであり、同時に有事の際には鋼を彷彿させる硬度を有する優秀な筋力でなければならない。

以前に薬物で筋力を増加した『亡国』の幹部がいたが、あれとは雲泥の差だ。ただただ筋肉をつけたのではない。己の力の使い方を心得、年月をかけて鍛え上げ、戦うためにひたすらに積み重ねてきた者だけが得られる境地だ。

なるほど、ハンターとして超一流の実力を有しているのには違いない。ハンターを名乗る者の中では随一だ。時代が違えば、一国の大将軍。もしかすればラウラリスの目に留まり、四天魔将に並ぶ英傑として名を残していたかもしれない。

「やるじゃないかヘクト。少しばかり見直したよ」

「お褒めに与り光栄ですね」

「……だが」

ラウラリスは剣を引き抜きヘクトに向けて走り出す。まっすぐの突進を迎え撃とうとヘクトは地を固く踏み締め、大きく斧槍を薙ぎ払う。当たれば必殺、掠めたとしても肉体を破壊する威力を秘めた一撃だ。

無論これが素直に命中するとはヘクトも思ってはいない。ただの牽制。けれども一切の油断なく手加減もない大振り。剛風を振り撒きながら空を払う斧槍。しかし、手応えは一瞬だけだ。刃がラウラリスに届いた直後に彼女の姿を見失う。

「んなっ!?」

柄の握りから違和感を覚え、振り抜いた斧槍へと目を向けたヘクトは驚愕する。斧槍の先端の上に、一人の少女が立っていたからだ。

驚きを露わにするヘクトを見下ろすラウラリスは斧槍の上からさらに跳躍する。咄嗟に斧槍を持ち上げたところに、大上段から長剣の強烈な打ち下ろしが襲いかかる。長柄で受け止めるものの、あまりの威力にヘクトの両足が足首近くまで埋まるほどであった。

「ずぁぁぁぁぁぁぁっっ!!」

ヘクトの弐式は圧倒的な膂力こそが最大の武器。強烈な一撃であろうとも気合と共に力を奮い立たせラウラリスの長剣を一気に押し返す。空中に投げ出されたラウラリスはそのままクルリと体勢を変えると、ヘクトに斬撃を浴びせていく。まるで曲芸師のような軽業から繰り出される長剣は変幻自在。踏み締める場所のない宙だというのに、鋭い一閃がヘクトを次々と襲う。

迫り来る刃の雨をヘクトは斧槍を翻して弾き返す。しかしどうしても弾く動きが遅れる。

やがてラウラリスが着地すると、ヘクトは肩を上下に揺らしながら息をしていた。

剣をクルクルと回しつつラウラリスが言う。

「弐式の真骨頂は、全身を総動員した馬鹿力で技も速度も全部捻じ伏せることだ。力の突き抜け具合が甘ければ、一瞬でも拮抗されると技や速度の差で良いようにあしらわれる。今みたいにね」

「ははは……これは実に手厳しい」

ラウラリスの口から褒め言葉が出たと思いきや、直後に一気に叩き落とされた。

（さて、ここからどう巻き返すか）

ヘクトは既に気がついていた。

全身連帯駆動の総合的な熟練度はラウラリスの方が一段も二段も――あるいはそれよりもはるかに上の領域に達している。半ば覚悟していたことであるが、今のぶつかり合いでより顕著に体感できてしまった。

ラウラリスの体格はヘクトよりも大きく劣る。純粋な筋力量で言えばヘクトの方が圧倒的に上回っているに違いない。だが、そこに全身連帯駆動・弐式(にしき)の『重さ』が加わってようやくラウラリスと正面からのぶつかり合いが互角といったところなのだ。

そして、拮抗(きっこう)しているのはこの一点のみだ。

結局のところ、戦いというのは総合力がものを言う。圧倒的な膂力(りょりょく)を有していようとも、他の部位が致命的に欠落していれば容易(たやす)く敗北する。

（とはいえ、ここで諦めるにはあまりにも惜しい）

このまま続けていれば敗色は濃厚。今のところ勝てる光景(ビジョン)が浮かんでこない。それでもヘクトは高揚していた。

彼自身も驚いているのだ。特定個人にここまで執着(しゅうちゃく)を抱いている己に。かの日誌を書いた冒険者に抱いた憧れにも匹敵する胸中の熱が、ヘクトを突き動かす。

果たしてラウラリスという少女は何者なのか。まさか本当に、かのラウラリス・エルダヌスの生まれ変わりなのか。あるいは途絶えたはずの皇族の血脈が今もなお受け継がれているのか。

かつて冒険者の日誌に見た物語に胸が躍ったように、予想だにしない未知への好奇心が、ヘクトの最も奥深くにある原動力。ヘクトは謎多き少女を前に興奮が収まらなかった。

表面上は冷静を取り繕いながらも、心の奥底に高鳴りを抱くヘクトは打開策を模索する。一分一秒でもこの瞬間を味わい、少しでも深くラウラリスを知りたいと願う。

そのためにも、易々と負けてはいられない。実力が劣っている程度で諦めている場合ではないのだ。持ちうる手札を総動員し、ラウラリスへ一矢報いるための手立てを考える。

と、ヘクトが答えを導き出す前にラウラリスが動きを見せる。

惑わせるように切っ先を揺らめかせていたラウラリスだったが、剣を下ろした。

「やーめた」

「やめ——？」

ヘクトが最後まで疑問を口にする前に、ラウラリスは一歩を踏み出す。

ズンッと地面が揺れた。彼女がそのまま歩を進め、足が地をつく度に震動が伝わってくる。すぐにわかった。全身連帯駆動・弐式を使った歩法。足裏から伸びた杭を深く地面に打ち込むように地を踏み、大地と己を繋げることによって瞬間的な『重さ』を高める。弐式の中では基礎とも言える技術だ。

「このまま理詰めで追い詰めちまっても良いんだが、それじゃぁつまらない」

いよいよ、ラウラリスがヘクトの間合いに踏み込む。それは同時に、ヘクトがラウラリスの間合いに入ったことも意味していた。

「全力で打ち込んでこい」

「ラウラリスさん……何を」

「金級ハンターにまで上り詰めたという実力の底を私に示せ。下手な小細工はなしだ。お前の全てを私に見せてみろ」

少女からあまりにも濃密すぎる威圧が発せられる。この場にユダスやシィガが残っていれば、当てられるだけで意識を失ったであろう。

「そして、その全てを真っ向から私が『力』で捻じ伏せてやる。光栄に思え。このラウラリスが直々にヘクト・レヴンという男を見定めてやるんだからな」

ジクリと、ヘクトの胸中に高揚以外の感情が芽生える。

なるほど、これは確かに仕返しだ。

口から飛び出したのは、強者の傲慢そのものの台詞だった。

ラウラリスは使えば即座に勝負が決まるような手札をあえて使わず、同じ土俵で戦ってやると宣言したのだ。己の実力に僅かでも誇りを宿す者であれば憤慨ものだ。

ヘクトとて、金級ハンターに上り詰めるまでには多くの困難を味わった。全身連帯駆動という武器を得てもなお、幾度となく命を危機に晒した。故に己の積み重ねに自負はある。特に『力』に関しては誰にも負けない自信がある。これだけは絶対に譲れない。

ラウラリスは言ったのだ。ヘクトのこれまでの積み重ねをこの場に示せと。そしてそれに真正面から打ち勝ってみせると。

ラウラリスが己よりも強者であるのは認めるまでもない。だが、それをわかってなおもヘクトの心を騒つかせる。

——いや、これは怒りや憎しみの類いではない。

「これは参った」

ヘクトは笑ってしまった。

そもそも見定めるというのは強者の言葉だ。現時点でラウラリスに遠く及ばない自分が吐いて良い台詞ではないと、ようやく気がついたのだ。初めから間違えていたのだ。

しかし、不思議と憎しみや苛立ちの感情は薄かった。

まるで、師を相手に鍛錬の成果を見せようと張り切る弟子のような気持ち、とでも言えば良いのだろうか。ヘクトにとっての師は日誌の中に描かれた冒険者だ。推し量るしかできないが、きっと近いものであろう。

完璧に全身連帯駆動を身につけた者は消耗を全身に分散することで長時間、最大効率で動き回ることができる。体力が尽きる最後の一瞬まで最高の動きが可能だ。

だが一方で、未熟な者が使えば体のどこかしらに無駄が生じ、それをカバーするために他の部位の消耗が激しくなる。

特に、弐式は全身の筋肉に力を込めることで固める必要がある。それだけに体力の消耗は桁違い。僅かでも緩みが生じればその部位へ一気に負荷が集中し、やがては全体の崩壊を招く。むしろ全身を力んだ状態で長時間活動しろというのが無茶な話だ。

しかし、それを可能としたのが、悪徳皇帝に従っていた四天魔将『崩山のゲラルク』。

日誌に書かれた筆者の名前は別物。けれども、ヘクトは残された過去の資料を精査した結果、エルダヌス皇帝の配下であった男の一人と日誌の筆者が同一であると確信していた。

曰く、ゲラルクはとある重要拠点の防衛を任された際にはほぼ丸一日を五体満足で戦い抜き、直後に攻勢に転じたとあらばそのまま最前線で猛威を振るい勝利を得たという。形は違えど似たような記録は数多くあり、多少の誇張はあろうがほとんど事実であるのは間違いない。

今のヘクトでは、全力を発揮できるのは一時間や二時間が限度。ましてやラウラリスが相手ともなれば時間はさらに減る。体力はまだ十二分に残っているが、本気で撃ち合えば数分も待たずに擦り切れるだろう。

ならば──後先を考えている余裕はない。

「────フンッッ!!」

ビキリと明確な音が発せられるほどに、ヘクトの筋肉に血管が太く浮き上がり硬さを帯びる。残る体力の全てを費やして力を込めていた。

長期戦では勝ち目がない。かと言って短期戦でも勝利のビジョンが見えない。

であれば、残る手立ては一つ。一撃に全てを賭ける。

「良い判断だ。よくぞ選んだ」

自棄とも短絡的とも呼べるヘクトの選択をラウラリスは称賛し、ほくそ笑む。

軽く呼吸を整えると、ラウラリスは腰を下ろし剣を顔の横──八相の構えを取る。己よりも小柄な少女に、ヘクトは不遜に笑う老婆の姿を垣間見る。かつて世界の全てを敵に回し、悪逆の名をほしいままにした皇帝の面影だ。

——全身連帯駆動・弐式は壱式や肆式に比べて技と呼ばれるものは数少ない。『不壊』の他にいくつかある程度。

その中で、最大の威力を有するものが一つある。破壊力という点だけに限れば、壱式の技を上回るであろう。

しかし、はっきり言って対人戦ではまるで役に立たない技だ。

この技はそもそも人を相手にする技ではなかった。

ただの一度、たったの一振りに持ちうる全てを乗せて打ち込む奥義。最大級の重量を放つこれは、つまりは動かない相手にしか通用しない。

だが奇しくも、この場にいる二人の構えは、得物の違いはあれど等しく同じものであった。純粋な力を比べ合うに、これほどの適した状況もない。

「行きますよ」

「来い」

言葉を深く交わさずとも二人は小さく笑みを零し、刃を振るっていた。下段から掬い上げるように放たれた刃が、同時に振るわれる。

弐式によって得た膂力を最大限に発揮するためには、上段よりも下段の方が良い。地を深く固く踏みしめた下半身から生じる力の全てを余すことなく上半身を通じて武器に伝えるには、掬い上げの一撃が最も適しているのだ。

想定するのは硬く閉ざされた門。大軍を相手に守りを固めた堅牢な城。されど、万軍すら退(しりぞ)ける城の大門すら、この技の前にはないに等しい。

冠された名は――『破城門(はじょうもん)』。

極限の力みから生じる全身全霊を宿した刃(やいば)が衝突する。

山をも崩すのではと錯覚してしまいそうな凄まじい轟音(ごうおん)と振動。倉庫の土台を揺るがし崩壊しかねないほどの衝撃だった。

「――ガッ……ハァッ……」

足を一歩下げたのは――ヘクトだ。

両手は力を失いただ垂れ下がっていった具合。呻(うめ)くような声を発しながら後ろに下がると、やがては仰向けに倒れた。

「フゥウウウウウ………」

剣を振り抜いたラウラリスは溜まりに溜まった体内の熱を吐き出した。

ビキビキッ!!

(おぉぉうっ、超痛い!)

思わず悲鳴を上げそうになるのを、奥歯を噛み締めてグッと堪える。

全身を力むということは、躰が硬さを帯びるということ。つまりは柔軟性を使って衝撃を逃す余地がなくなるのだ。通常であれば圧倒的腕力で粉砕することによって衝撃を全て相手側に負担させるのだが、弐式の中で最大の威力を持つ『破城門』を打ち合ったのだ。

同質量の岩と岩がぶつかり合えば双方とも砕け散るのは自明の理。ラウラリスの体内にも無視できぬ反動が蓄積していた。

だが、倒れたヘクトはきっと、彼女の比ではないダメージを負っているだろう。

軋みを上げる躰をどうにか動かし、倒れたヘクトの側に歩み寄る。

「おい、生きてるかい？」

「……辛うじて」

掠れた声を返すヘクトはまさに死に体といったところであった。ただ得物を衝突させただけのはずが息も絶え絶え。刃傷もないのに顔が蒼白になり脂汗を掻いていた。

見た目からはわからないが、おそらく全身の至るところに骨折や罅、筋肉の損傷や断裂が起きている。一口に言えば瀕死の重傷だろう。

「ちょっと我慢しな」

「あがっ!?」

ラウラリスはしゃがみ込むと剣を置き、ヘクトの腕を持ち上げる。激痛の悲鳴をまるっと無視して肘や指先を弄り、もう片方の腕も同じく触っていく。

「ギリギリで再起可能ってところだ。腕のある医者に診せて安静にしてりゃぁ、ハンター業にも復帰できるな」

「そ、それは……どうも……」

ラウラリスの即席の診断にお礼を口にするヘクトの顔。目には涙が滲んでおり笑みも盛大に引きつっていた。

「得物が身代わりになったね。もっと質の高い武器だったら、モロに反動を喰らってたよ」

ラウラリスが目を向けたのは、側に転がるヘクトの斧槍だ。斧の刃が砕けて完全に消滅している。武器が崩壊することで衝撃が逃げ、その分だけヘクトへのダメージが軽減されたのだ。仮に武器が健在であれば反動の全てがヘクトの躰を駆け巡り、それこそ全身骨折で再起不能になっていたか死んでいた。

「…………」

「もっとも、あんたが負けた理由は別にある」

「――――ッ」

ヘクトが息を呑む。内心ではきっと、武器の差が勝敗を分けたのではないと理解していたのだろう。そんな彼にラウラリスが揚々と告げる。

「怪我が治って、その気があるならまた挑んできな。楽しませてくれた礼で『同門』のよしみだ。付き纏われるのは御免だが、そのくらいは相手してやるよ」

そう言ってラウラリスは満面の笑みを浮かべるのであった。

第十四話　変わりゆく世界

重傷のヘクトを付近の医者に任せたあと、手近にいた商会の人間に手紙を認めた。内容はヘクトが行ったことのラウラリスが知るほとんど。皇帝云々の話は伏せてはいたが。

——ラウラリスが呼び出されたのは二日後のことだった。

「この度の、ヘクトのことに関しては誠に申し訳ありませんでした」

商会が保有する建物の一室に入るなり待っていたのは、頭を下げたアクリオとヘイルズだった。レヴン商会のトップ二人に深々と頭を下げられるのは悪い気はしないが、進んで楽しめるほどラウラリスも陰険ではなかった。

「ツケは当人に払わせるからいいさ。あんたらだってあいつの身勝手の被害者みたいなもんだろうよ」

「そう言っていただけると助かります」

アクリオは申し訳なさそうに言ってヘイルズと共に頭を上げるが、やはり表情は晴れない。身勝手に思えても任された仕事には忠実であったというヘクトである。彼らにとってもヘクトの暴走は予想外であったのだろう。

「あいつがやったことって伝達を一つしなかったくらいで、あとは割と真面目に働いて——真面目かどうかは非常に悩ましいところだが、致命的に裏切った感じじゃないからさ。再起できる程度の罰にしてやりな」

「……いささか甘いのでは？　ヘクトのやったことはユダスと同等とまではいかずとも、十分に商会もあなたも裏切る行為だった」

ラウラリスの言葉に異を唱えたのはヘイルズだった。息子のしでかしたことであり、その胸中は複雑であろう。情を排した意見に、ラウラリスは苦笑した。

「最後の最後で楽しませてもらったからね。……自分でも甘いとは思ってる」

ヘクトの身勝手は確かに多くの人を巻き込みはした。当人もそれは認めている。ただその勝手はラウラリスの存在に起因している。ラウラリスも巻き込まれた側の人間であるが、若干の責任を感じていたりもした。その責任感はむしろお節介に近いものではあったが、ここでヘクトが潰れてしまうのは惜しいと、ラウラリスは思っていた。

未熟であれど、ヘクトの才能は本物だ。粗は目立つが全身連帯駆動を着実にものにしている。まだまだ伸び代があり、是非とも成長した彼と手合わせをしてみたいという武人の気持ちがラウラリスの中に存在していた。

よくよく考えれば、かつての四天魔将も当初は随分と跳ねっ返りであった。

——ここだけの話、実はゲラルクは帝国領内で活動していた盗賊の親分であったりする。

並の兵では歯が立たず苦戦しているところに、ちょうど付近に視察に赴(おもむ)いていたラウラリスが直々(じきじき)に討伐に乗り出したのがきっかけだ。

実際に刃を交え、ゲラルクの才能を見出した彼女は、盗賊団の者たちの助命を理由にゲラルクを配下に引き摺り込んだのである。

懐かしい話を思い出してから、ラウラリスは改めて口を開いた。

「実際のところ、あいつが出した商会への損害ってどのくらいなんだい？」

「正確なところは不明ですが、当初に想定していた額に比べてかなり控えめになりました。ユダスを含む不正職員たちの捕縛が早まったおかげですね」

「だったらいいじゃないか。あんたらは軍人じゃなくて商人なんだ。あいつのやらかしが儲けに繋がったなら功罪の差し引きゼロだろ」

商会の中でヘクトの行いを知る者が少ないのは幸いだ。

「わかりました。ラウラリスさんがそうおっしゃるのであればそのように」

アクリオの返答が早かったのは、元々そのつもりであったからだろう。金級ハンターに上り詰めるほどの実力を有する手駒を手放すのは惜しいと考えていて当然だ。

それと、隣のヘイルズがホッと胸を撫で下ろしていたのをラウラリスは見逃さなかった。先ほどは副会長として厳しい台詞を口にしつつも、それとは別に気を揉んではいたようだ。

「ま、しばらくの間は地獄みたいな生活を送るだろうけど。両腕をへし折った上で全身をガタガタにしてやったからな。治療とリハビリで最低でも半年くらいは本調子に戻らないだろう」

はっはっはとラウラリスが笑うと、アクリオらの顔が引きつった。

ひとしきり笑ってから、ラウラリスは少しばかり真面目な表情になる。

「ところで、あんたらにも確かめておきたいことがあってね。ヘクトの件がなくとも近々出向くつもりだったんだよ」

ピリッと空気が張り詰めるのを肌に感じ、アクリオとヘイルズの頬に一雫の汗が流れる。相手が少女であろうとも無意識に背筋が伸びるような緊張感があった。

「何か気になる点がおありで？」

「ユダスだよ」

アクリオが問いかけると、ラウラリスは己のコメカミに人差し指を当てながら語り出す。

「あいつ、秘書って立場を利用して、他に不正を行っていた職員の胴元みたいなことをしていたらしいじゃないか」

この辺りは倉庫を強襲する前に聞かされた話だ。

ユダスは自身と同じように金に困り、かつ不正を働くことも辞さないような職員を見計らって声をかけ、己の裏取引に加担させていたのだ。唆されはしたが最終的に自分の意思で不正を働いていた職員らも結局は同罪だ。

「アクリオさん。あんたは間違いなく腕の良い商人だ。清濁をきっちり呑み干す度量と確かな商才がある。これだけでかい商会を任されるだけあるよ」

「お褒めに与り光栄ですね」

もしラウラリスが皇帝であった頃に出会っていたならば、懐に抱え込むには扱いに困るが、一定の距離はとりつつも繋がりを持っておきたいと思える人材だ。信頼は難しいが信用できるといった評価であろう。

「だからなおのこと不思議で仕方がない。どうしてあんたほどの人間がユダスのしょっぱい不正を見過ごしていたのか。その気になれば、なんのかんのと理由をつけて、もっと早い段階で処罰できたはずだろうに」

ユダスが職員を抱え込む前に処罰できていれば、ここまでの大事にはならなかった。だがそれをしなかったということは、つまり——

「——私がユダスの不正をあえて放置していた、と。ラウラリスさんはそうおっしゃりたいわけですか」

己の言葉を先取りしたアクリオに、ラウラリスは笑みを浮かべて満足げに頷いた。ただ目は笑っていなかった。事と次第によってはただでは済ませないという無言の圧がアクリオに向けられる。

アクリオの隣にいるヘイルズに視線を向けると、彼は腕を組み険しい表情で無言のままだ。下手なことを口にしないためにあえてそうしている様子にも感じられた。

しばらく黙っていたアクリオであったが、やがては観念したように息を吐いた。

「こうなることは半ば予想していましたよ」

「じゃぁ認めるわけか」

「……その前に、ラウラリスさんに会わせたい人がいます」

ラウラリスの視線が鋭さを増す中、アクリオは部屋の隅に目を向ける。ラウラリスが入ってきたのとは別の、隣室に繋がる扉だ。

隣に誰かがいるのは気がついていたが、扉を開いて入ってきた人物を見るとラウラリスは僅かばかり目を見開いた。

「お前は……アマンだったか」

「久しぶりラウラリスちゃん。覚えていてくれて嬉しいね」

入ってきたのはヘクトとはまた違った方向での優男。黙っていれば二枚目、口を開けば三枚目といった具合の軽薄な雰囲気。

名前をアマン。表立っては情報屋であり、正体はケインと同じく『獣殺しの刃』に所属する諜報員だ。

どうして彼がここに——という疑問を抱く前に、ラウラリスは一つ思い出すと額に手を当てながら首を左右に振った。

「私としたことがすっかり忘れてたよ。今回の件に、『獣殺しの刃』が噛んでたじゃないか」

ヘクトはケインを通じてラウラリスを祝勝パーティーに参加させた。つまりは個人的な繋がりがあるということ。そこからさらに一歩踏み出して考えれば。

「レヴン商会と『獣殺しの刃』はグルってわけか」

「共犯ってのは少しばかり悪意がありすぎだよ。後援とかその辺りに言い換えてくれると助かるね」

忌憚のないラウラリスの物言いに、アマンは肩を竦めて訂正した。

「商会と『獣殺しの刃』は以前より協力関係にあります。知るのは会長職の私。副会長である兄とヘクトのみ。幹部も含めて、我々の他に知っている者はおりません」

『獣殺しの刃』は国家直属ではあるが、公的には存在しない組織だ。秩序を守るためには法を犯すことさえ黙認されている諜報機関。繋がりがあると判明すれば社会的な信用など失墜する。

「……ふんっ」

唐突に鼻を鳴らす副会長。腕を組んだまま相変わらず無言だが、先ほどよりも機嫌が悪そうに見える。アマンが入ってきてからこの調子だ。彼の様子にアクリオは困った顔になるが、すぐに気を取り直して話を続けた。

「普段はアマンとの接触、情報共有はヘクトに一任していまして。今回はこのようなことになってしまったので、急遽お呼びだてした次第でして」

「もともと、捕らえた『亡国』の連中や職員らの引き渡しやらの打ち合わせで来てたんだけどさ。まさかの事態で俺もめちゃくちゃ驚いているんだよね、これが」

レヴン商会と『獣殺しの刃』が裏で繋がっているのであれば、ラウラリスが抱いた疑問にも答えが出る。

「ユダスをあえて放置していたのは、奴を囮にすることで『亡国』が仕入れる物資を監視し、動向を把握するためか」

「ご理解が早くて助かります」

「どうせ悪さをされるなら手元でってことか。やっぱり悪だねぇあんたら」

ラウラリスの浮かべた笑みに悪感情はない。むしろ感心した風だ。

彼女の言う通り、『亡国』が組織だって活動するのであれば物資の補給は必至。名も知れぬ悪党とどこかで阿漕（あこぎ）な取引をされるよりかは、目の届く範囲内で悪さをされる方が、いくらでも対処のしようがある。

「ユダスは自分でも知らないうちに潜入員（スパイ）に仕立て上げられてたってわけか。ビスタの捕縛に踏み切ったのは、奴が大事（おおごと）を引き起こすつもりだと察知したからか」

「ここしばらくの物資の流れで、大規模なテロを引き起こすつもりだと獣殺し（うち）の情報部が推測した。実際には竜なんてものまで抱え込んでたからな。被害が出る前に食い止められてよかった。あの件はマジでラウラリスちゃんに感謝してるよ。ケインのやつでも竜の対処はできただろうけど、ビスタの捕縛と並行ってなると難しい話だったからね」

「感謝より金一封でも包んでくれりゃぁいいよ」

「そこはほら、どこかの会長さんにお願いするとしましょう」

アマンが目配せをすると、アクリオはやれやれと肩を竦（すく）めてから頷いた。

ユダスを放置していたことに対する解は得られた。十分に合点（がてん）のいく話でラウラリスも納得だが、また少し疑問が生じる。

「『獣殺し』と繋がってるなら、ビスタを捕まえた時点でなんのかんのと理由をでっち上げてユダスの奴を捕まえちまえばよかったじゃないか。前々から把握してたなら、繋がりのある不正職員とかも全部把握してたんだろ。揉（も）み消しとか死体の処理とか、得意じゃないのか『獣殺し（あんたら）』」

「ねぇちょっと、妙に当たりが強くないかなラウラリスちゃん。いや、やる時は確かにやるけどね、そういうのも。……何気に面倒なのよな、あれ」

ラウラリスにビシッと指さされてゲンナリするアマン。彼自身もさりげなく酷いことを口にしているが誰からも追及はなかった。

ビスタの捕縛を決定した時点で、ユダスを切り捨てる算段はできていたはずだ。なのにあれこれと手間をかけて証拠を集めようとしたのはどうしてか。

「本当ならラウラリスちゃんの言う通りなんだけどさ、ユダスの件は面倒なことになってて。お恥ずかしい話になるけど、ちょいとお上の話が絡んじゃってるんだよ」

『獣殺しの刃』は王から直々に『無法の特権』を頂戴しているが、何もかもを好き勝手できるわけでもない。非公式ではあってもれっきとした宮仕であり、公的機関の一つなのだ。そうなると他の組織やらとも関わりが出てくる。

秩序の維持を面目に好き勝手する組織。近辺においては『亡国』への対応で独断専行が過ぎる『獣殺しの刃』を快く思わない者は多い。

「聞いてるだけで敵とか多そうだもんね、あんたら」

「うん、ものすごく多い。と言うか、好きこのんで協力してくれるところが皆無」

アマンはあからさまに大きなため息をついた。どうやら本当に肩身の狭い思いをしているようだ。組織の性質上、仕方がないと言えば仕方がないのだが。

「ビスタの捕縛とか、普段の流れであれば『獣殺しの刃』だけで済ませる予定だったんだけどねぇ。他の部署が横槍を入れてきたんだよ。実行部隊こそこちらの人員だけで固められたけど、その後の調査は他の部署が出張ってくることになっちゃって……」

「レヴン商会と裏で繋がってるのを知ってるのって」

「国上層部の極々一部。横槍入れてきた部署は知らないね」

「そりゃぁ確かにまずい」

何がまずいと言えば、商会と『獣殺しの刃』の繋がりもそうだが、加えて商会がユダスを放置していたことだ。犯罪組織と取引を行っていた職員をあえて放置していたとなれば大問題だ。『獣殺しの刃』が他の組織を使い間接的に違法な行いを黙認していたとなれば、より一層に風当たりが強くなる。ただでさえ評判がよろしくないのに、これが露見すれば今後の活動にも大きな影響が出てきてしまう。

「リベルたちを砦に送り込んだのは、何も知らない他部署の調査員の目に、取引内容が漏れないようにするためでもあったのか」

加えて、ユダスたちの不正の証拠を改めて集めていたのは、正式な名目でユダスの捕縛を他部署に納得させるため。ユダスを始めとする不正職員たちの取引は商会の与り知らぬところであったと表明するためだ。

「ラウラリスさんからもたらされた情報のおかげで、証拠固めの方はほとんど完璧になりました。監督責任ということで商会への追及こそ免れないでしょうが、損害は想定していた中で最小限の範囲内に収まりました」

アクリオがほっと胸を撫で下ろしていた。ユダスの件には気を揉んでいたのだろう。

ようやく懸念の一つが解消されたといったところか。

と、ここでずっと不機嫌そうな顔をした男が重い口を開く。

「『獣狩り』などという後ろ暗い組織といつまでも繋がっているから、このような事態になったのだ」

「副会長、今はその件については――」

「一体どれほど昔の盟約を律儀に守っているつもりだアクリオ。『獣狩り』のせいで商会がいくら損害を被ったと思っている。危ない橋を渡って不利益を得るのはいつもこちら側なんだぞ」

会長、そしてアマンを睨みつけながらヘイルズは苛立たしげに吐き捨てた。『獣狩り』は『亡国』の人間も使う、『獣殺しの刃』の蔑称だ。彼がどれだけ腹に据えかねているのかがわかる。

(裏組織との繋がりがどうのこうのって、これのことだったのか)

初めて会った時に出た話が、ラウラリスの脳裏に蘇る。ヘイルズは現会長の方針を快く思っていなかった旨をライラリスに伝えている。彼の言う『保守的』というのは『獣殺しの刃』との繋がりをぼかして指していたのだ。事業の拡大、発展はつまり、『獣殺しの刃』と手を切り、商売に集中することなのだろう。

「ん？　もしかしてだけど、ユダスの不正取引を放置してたのを、ヘイルズさんは」

「知ったのはユダスが捕まった報告を受けた直後だ！」

ふと思いついたことをラウラリスが口にするとヘイルズが怒りのあまりに声を荒らげた。最初からヘイルズが不機嫌であった理由がこれだ。『獣殺しの刃』に所属するアマンを快く思っておらず、副会長である己（ヘイルズ）にすら知られずに裏で悪巧みをされていたのだ。業腹（ごうはら）なのも納得である。

「……兄さんがユダスを泳がせていた事実を知れば、即座に処罰に乗り出すのは明白でしたから。あの時点で捕まえてしまうと、証拠固めをする時間がなくなっていましたよ」

あえて役職で呼ばずに『兄』と呼ぶ辺りが実に癪（しゃく）に障る言い方であった。

「お前は昔からそうだったな。肝心なことを知らせるのは、いつも全て終わってからだ。私がそれでどれだけ苦労したか……」

「いやぁ、兄さんが苦労してくれた分、私が楽をさせてもらってるので感謝していますよ」

「よし、表に出ろアクリオ。久々に兄弟水入らずで語り合おうじゃないか」

「拳で語り合うのはご勘弁願いたいですね。私はインドア派なので」

キャラが完全に崩壊してるぞヘイルズ、と二人のやり取りを見ていたラウラリスは、チラリとアマンに視線を投げる。彼に忍足で側によると、口元に手を当てて囁（ささや）く。

（あんな感じに喧嘩するのってよくあるのかい？）

（あの二人と同時に会うと、三回に一回くらいはやるね）

割とよくある光景らしい。

実直な兄と曲者（くせもの）の弟。何かと衝突するのは想像に難くない。

（ヘイルズってすごい真面目だけど、純粋な商人としてはアクリオさんよりも上なんだと。でも、アクリオさんの狸っぷりが認められて先代から会長の座を譲られたって話だよ）

『獣殺しの刃（やいば）』のような非公式な組織と関わりを持つのであれば、生真面目であるよりも清濁を呑み干せる人員の方が適しているのは当然だ。今回のような件があるのであれば尚更だ。先代の判断は正しいと言える。

(ちなみに、『獣殺しの刃』とレヴン商会って、遡ると百年以上の長い付き合いなんだ。物資の融通とか情報提供とかですごく助かってるよ)

レヴン商会は手広く商売をしている大組織。国内に張り巡らされた販路はそのまま情報網となる。国の片隅から漂う不穏な噂をいち早く拾うには、大いに役立つだろう。

ひとしきりにやいのやいのとやっていたレヴン兄弟だったが、ラウラリスとアマンの生温い視線に気がつくと揃って咳払いをした。なんだかんだで息の合っていそうな二人だ。

「ご理解ください副会長。これは誰かがやらなければならないことなんです。貧乏くじを引いたのが、たまたま我が商会だったというだけのこと」

「貧乏くじをあえて引くとは、商人としてあるまじきだな」

「しかし、おかげでこの国は長い平和を保てている。国が保っていなければ我らも商売を行う場を失います。違いますか？」

「……お前に口喧嘩ではどうにも勝てんな」

これ以上の言い争いをする気はないようで、ヘイルズは腕を組んで明後日の方向を向いた。

きっと、互いの言っていることは理解できているに違いない。二人とも自分なりに商会のあるべき姿というものを本気で考えている。だからこそ忌憚なく意見をぶつけ合うのだ。

アクリオは満足げに笑ってから、ラウラリスたちの方へ向き直る。

「お見苦しいところをお見せしました」

「見せ物としちゃぁ面白かったよ。おひねり出そうか？」

「……ラウラリスさんも大変にイイ性格をしてらっしゃる」

「褒めるなよ。照れるじゃないか」

はっはっはと笑い合うラウラリスとアクリオに、今度はアマンがドン引きした顔になった。

ラウラリスが商会のトップ二人と会っている頃。

レヴン商会が贔屓にしている病室で。

「君がお見舞いに来てくれるとは思っていなかったよ」

「俺は薄々こうなるんじゃないかと思っていたがな」

ベッドに寝るヘクトに険しい目を向けるのはケインだ。視線は明らかに病人を見るそれではなく、やらかした問題児を睨みつけるものであった。

「気になる女に意地悪をしたくなる子供かお前は。挙句の果てにあの女に立ち合いを挑むなど、随分と無茶をしたものだ」

「ははは……今にして思えば身の程知らずだったかなって。……いや、本当に我がことながらよく生きていたと思うよ」

ヘクトの両腕は包帯が巻かれており添え木で固定されている。薄手の病院服の内側も至るところに包帯が巻かれており、まさしく絶対安静の死に体だ。医者からは最低二ヶ月はベッドで寝たきり生活だと宣告されていた。

「前もって忠告はしていたからな。あの女に正面から対抗できるのは総長くらいだ。俺と同程度のお前が敵(かな)う相手じゃない」

「マジかー。その情報、もうちょっと早く知りたかった」

仮にヘクトが知っていたところで結局はラウラリスに挑んでいたに違いない。ケインの知るヘクトという人間はそういう男だった。故(ゆえ)に、経緯はどうあろうとも結果的にヘクトが病院送りになるのは大方予想はできていた。

「お前が素直に『執行官』を拝命していれば、もう少し結果は違ったかもしれないがな」

「国のお抱えなんて僕には荷が重すぎる。気ままにハンター業で稼いで、時々実家の仕事を手伝うくらいが精々だよ。……今回のことで実家からは干されるかもしれないけど」

ヘクトは以前より、『獣殺しの刃(やいば)』からの勧誘(スカウト)を受けていた。実家のレヴン商会との交流もある上に、当人はほとんど独学の状態で全身連帯駆動を習得していた。資格としては十分だ。

彼は元々、レヴン商会と『獣殺しの刃(やいば)』の密約は知らなかった。当時は銀級(シルバー)ハンターになってしばらくした頃であり、商会の表の仕事を手伝うくらいであった。かつて帝国でテロ活動を行っていた組織と同じ名前の機関があるのを知らされた彼は大いに驚いたものだ。

だが、ヘクトはこれを辞退した。

理由は今まさに、ベッドの上で寝ている彼が呟いた内容のままだ。ただ、『獣殺しの刃（やいば）』の存在を知って以降は、商会の表には出せない裏の仕事や、『獣殺しの刃（やいば）』から派遣される諜報員との接触を任されるようになった。その辺りがケインと知り合った経緯だ。

「その気があれば、執行官の筆頭だって狙えただろうに」

「持ち上げてくれるのは嬉しいけど、僕はそこまでの器じゃない。誰かしらにモノを教わるのは性に合わないし、仮に教わったところで今より劇的に強くなれるわけじゃない。何よりも、『僕』と『君ら』では方向性が違う」

機関には、創立に携（たずさ）わった建国の王——悪帝ラウラリスを討（う）ったかつての勇者が残した、全身連帯駆動にまつわる指南書が残されている。また長年受け継がれてきた指導のノウハウもある。ヘクトが『獣殺しの刃（やいば）』に所属していれば、独学で学ぶよりもはるかに効率良く全身連帯駆動を学ぶことができたであろう。

とはいえ、機関に伝わる全身連帯駆動は、攻撃力に特化した『壱式（いちしき）』。対してヘクトが習得したのは『膂力（りょりょく）』に特化した弐式（にしき）。共通事項はあるものの、別の方向に伸びた技術だ。ヘクトの言葉も一理ある。だとしても、正式にノウハウを学んでいれば現時点のケインを超えていた可能性は大いにあった。

「普段は身勝手なくせに、どうしてその辺りは謙虚なんだお前は」

「君こそ、人のことにまで本当に真面目だね」

生真面目男と身勝手男。まさしく対局に位置する二人でありながら、不思議とウマがあっていた。

今回はヘクトの頼みをケインが聞いたことが発端ではあったが、過去にはケインからヘクトに頼んで無理を聞いてもらったこともあるのだ。一方的な関係でもなかった。腕試しという形で剣と斧槍を交えたことも幾度かある。互いに人となりはそれなりに理解していた。

ケインは腕を組みじっとヘクトを睨みつけるが、やがては眉間のシワを緩め、諦めたようなため息をついた。

「……こんなことを仕出かした理由を問いただしてやろうと思ったが、やめておこう」

「てっきり、根掘り葉掘り聞かれると思ってたけど？」

「あの女のことを詮索すると、予想外のところで面倒が飛び出てきそうだからな。お前の興味本位だった、という建前で収めた方がまだ波風を立てずに済みそうだ」

ヘクトが意図的に情報を封鎖し、ラウラリスを巻き込んだ理由は、『ヘクトの興味本位である』と、レヴン商会と『獣殺しの刃』に話が通っている。ラウラリスが商会宛に書いた手紙の内容に含まれていたものだ。

だが、形はどうあれ、ヘクトはこれまでレヴン商会の裏の仕事や、『獣殺しの刃』から回ってきた後ろ暗い任務も忠実にこなしてきた実績がある。これが上辺だけのものであるのは誰の目から見ても明らかであったが、ヘクトのみならず、被害者の立場であるラウラリスまでしらばっくれてしまうのだから、聞き出すのは難しいというのが現状だ。

「これはいよいよ実家から干されるかも……。そうなったら機関の方で拾ってくれない？」

「お前のような輩が同僚など、まっぴらごめんだ。気苦労が絶えなくなる」

「さっきと言っていることが違くないかな」
「それはそれ、これはこれだ。ハンター業の方に専念していれば良いだろう」
「ちょっと入り用なんだ。治療費のこともあるけど、得物を新調しないとハンターの仕事もまともにできない」

ラウラリスに砕かれた斧槍のことだ。

貴重な鉱石や危険種の素材を惜しみなく注ぎ込み、超一流の鍛冶師の手によって造られた最高級品。弐式を使うヘクトの膂力を持ってしても刃毀れ一つ起こさない逸品だ。材料の一部はギルドに預けているため賄えるがそれ以外を揃えて鍛冶師に頼むにしても、相当の資金が必要になってくる。

それを砕いたラウラリスの長剣は、果たしてなんなのか——

「……いや、斧槍を砕かれたのは僕の未熟か」
「なんの話だ？」
「ラウラリスさんに挑むには、何もかもが甘かったってことさ」

ヘクトは自嘲気味にぼやいた。

ラウラリスは最後に言っていた。勝敗を分けたのは武器の差ではないと。ヘクトもそれを理解していると。

まさにその通りであった。

弐式の練度に限れば、ラウラリスとヘクトに大差はなかった。だから一応は拮抗を保てていた。

明確な差が出たのは、最後の一打。同時に放った破城門。

刃が触れ合った瞬間にヘクトは理解した。

「彼女の剣はね、とても『重かった』よ」

得物、技、力。その全てが拮抗していたとして。

最後に勝敗を分かつのは『想い』の差だ。

精神論に限った話ではない。

全身連帯駆動・弐式は全身の『力み』を利用して、肉体稼働の『馬力』を爆発的に増大する。力めば力むほど弐式は威力を発揮する。肉体の隅々までに、一縷の淀みもなく力を込めるというのは、とてつもない集中力を要する。

あるいは信念とも言い換えられるだろう。

自らが歩いてきた道にどれだけ胸を張れるか。積み重ねてきたものを信じ抜くことができるか。

それら信念が極限の集中力を生み出し、刃に宿る。

『想い』の強さが『重さ』を発揮したのだ。

「僕だって手加減したつもりはない。本気で彼女を殺すつもりで技を放った。でも、彼女の剣に込められたモノに比べたら薄っぺらだと思い知らされた。あの小柄な躰にどれほどを背負っているのか見当もつかない」

想いの純度が違った。覚悟が違った。

自分が少しばかり腕が立つ程度の若造であるのだと思い知らされた。

だから負けたのだ。

「妙に晴れやかな顔をしているな」

「そうかい？　これでも傷心しているつもりだけど」

けれども、ケインの言う通りヘクトの顔はどことなくすっきりしたものを含んでいた。

実際にはその通りなのかもしれない。

結局のところ、ラウラリスの正体がなんなのか、ヘクトにはわからずじまいだ。だが、ラウラリスがどのような人間なのか、刃（やいば）を交えてなんとなく感じ取れたような気もする。それがヘクトにとって今回の騒動で得られた最大の収穫なのであろう。

これから自分は己の仕出かしたことへのツケを払うことになる。

小さい憂鬱（ゆううつ）はあれど、概（おおむ）ね満足だ。

「あ、そうだ。ケイン、一つ頼まれてくれない？」

「あの女をパーティーに誘った件の借りをまだ返してもらっていないんだが」

「あれほどの無茶振りじゃないって。ちょっとした伝言と、渡してほしいものがあるんだ」

ラウラリスがケインと再び顔を合わせたのは、諸々のゴタゴタが落ち着いた頃だった。

「ヘクトは謹慎の後、しばらくの間は商会の専属ハンターとして活動することになった」

「それって処罰って言えるのかい？」

謹慎というのは実質的には怪我の療養期間に過ぎない。専属ハンターというのも、商会が所望する素材を確保したり、商品を載せた馬車の護衛といったものだ。これまでヘクトがやってきたことと大差ないであろう。

「素材の卸売（おろしうり）額は相場の半分以下で、拒否権はほぼないと言っていいだろう。これまで好き勝手に飛び回ってた奴には、十分に罰だ。ついでに期間内にまた何かすれば、ヘクト秘蔵のコレクションを強制的に競売（オークション）にかけて売り払うという条件付きだ」

「あいつにとっては十分すぎる罰ってところか」

ヘクトはハンターで方々に飛び回っており、行く先々で珍しい品を収集していた。幼い頃から読み込んでいた冒険家の日誌の影響だ。彼の実家の私室にはそういったものが大量に保管されている。中には破格の値がつく希少な一品もあるとか。それらを売り払われるとなれば彼も必死になって働くに違いない。

一般的な罰とは違ったかなり変則的なものだが、商会の中でこのことを知るのはトップ二人と『獣殺しの刃（やいば）』だけ。公的な罰である必要もない。当人（ヘクト）が辛いと感じる内容であればどのような罰でも良いのだろう。

「なんだかんだで、奴がこれまで機関や商会にもたらした功績はかなり大きい。気まぐれなところはあっても、引き受けた仕事に対してはほぼ確実に成果をもたらしてきた。それらを顧（かえり）みると、一度の失敗で切り捨てるにはいささか惜しい、と言うのが結論だ」

「前半は建前（たてまえ）で後半が本音だろ、それ」

ズバリと指摘され、ケインは不機嫌そうに口を閉じた。無言の肯定だった。

どれほどの理由を重ねたところで、結局はこれに尽きる。

ラウラリスから見てもヘクトの実力は一級品以上だ。あれほどの人材を見つけるとなると、とんでもない労力と運が絡む上に、見つけたところで引き抜くことができるかはまた別問題だ。

「……もとより、奴をどうにか手元に置いたままにできないかと、商会も機関の上層部も考えていた。ただ、お咎めなしでは他に示しがつかんからな。お前の一声がなければ、もう少し罰は重くなっていただろう」

「具体的には？」

「私財の没収の上で専属ハンターという名の強制労働。無論、先ほどあげた条件よりもさらに悪い待遇でだ」

「そりゃぁキツイ」

巻き込まれて迷惑を被ったが、全てが嫌だったわけではない。ラウラリスなりに状況を楽しんでいた点もあったし、特に最後の立ち合いで精神的には満足していた。軽い気持ちで口添えしたのだが、予想以上に効果があったらしい。

「ヘクトから預かっているものがある」

そう言ってケインが机の上に置いたのは、十冊の本と畳まれた紙片が一つ。

「色々と迷惑をおかけした詫びと、我が儘に付き合ってもらった礼だと。焼き捨てるなり売るなり好きにしてくれとのことだ」

畳まれた紙片を開くとやはり、皇帝ラウラリスの直筆署名の入った手紙だ。内容は取り留めもないモノであったが、こんなものも書いた日があったかと記憶の片隅に引っかかった。

ラウラリスは懐から金属製の札を取り出す。いつかの事件で手にした呪具だ。

「律儀だねぇ。私がこうするってのはわかってただろうに、わざわざ送りつけてくるとは」

念じれば札の角に小さな火が灯る。

紙片に燃え移って全体に広がり、瞬く間に燃え尽きた。

「燃やされるとわかっているなら、自分で燃やせばよかっただろう」

「あいつなりに配慮してくれたんだろうさ」

あるいは、ラウラリスが紙片を燃やすことで、皇帝の直筆サインの存在を伏しておきたいというラウラリスの意思を確認したかったのか。

どうあろうとも、ラウラリスがかつての皇帝の生まれ変わりであるという考えは、どこまで行ってもヘクトの妄想の域を出ない。裏付ける証拠がない以上、たとえラウラリスが認めようともそれが世間に認められるわけでもなかった。きっとそれは当人も理解しているはず。

ラウラリスは次に重なった本を手に取った。表紙を見ればなるほど、見覚えのある字だ。

「件の日誌か」

「自分はもう全てを丸暗記するほど読み込んだのでお譲りします――とさ」

ケインの言葉を耳の端に捉えながら、ラウラリスは最初の一冊を開いた。

俺はかつてとある人間に忠誠を誓っていた。

そいつのためなら命なんて惜しくないと思えた人間は、後にも先にもあいつだけだった。

あいつは大きなものを背負っていた。

生まれた時からの宿業。そして自らが導き出した大望。

お山の大将を気取っていた俺のような奴には到底無理なものだ。

それでも、あいつの肩の荷を少しでも肩代わりしたいと心の底から願っていた。

きっとそれは、他の仲間も同じであっただろう。

必ず訪れる最後の時まで、あいつのために身命を賭(と)す覚悟を持っていた。

そして――全ての終わりを迎えた時。

己がいなくなった世を命の限りに見届けろと、あいつは俺たちに命じた。

本当はあいつと一緒に死にたかった。けどそれをあいつが許してくれなかった。

仲間の一人はあいつの命令を無視して死んだ。満足そうに死んでいったと聞く。

それを聞いたあいつはひどく悲しげな顔をしていた。

俺と残された仲間は断腸の思いであいつの命令に従った。

死んだ仲間のことを羨(うらや)ましく思うが、あいつに悲しい顔をさせたことは許せなかった。

――あいつが死に、世界は大きく変わった。

仲間の一人は、あいつの想いを残そうと人を募っていた。

もう一人の仲間は人知れずどこかへ消えていった。

俺は、変わっていく世界を見たくなった。

本当にあいつが望んだ世界に移り変わっていくのか。もしくは全く別の形に変貌していくのか。

それを見定めるのが、無様に生き残った俺の役割だと思ったからだ。

この目で見た世界を、ここに記していこうと思う。

もし――もし仮にだ。

あいつがこれを読んだら『柄にもないことを』と笑うに違いない。

でもだからこそ書く意味があるのだ。

あいつが笑ってこれを読んでくれているのならきっと、変わった世界は良い方向に進んでいるのだろうから。

最初の一文を読み終えたラウラリスはゆっくりと本を閉じた。
「ったく、慣れないまともな文字を書きよってからに」
クスリと、ラウラリスは笑みをこぼした。

ゲラルクという男は元々、文章を残すような男ではなかった。

体格相応に手がデカすぎて、握った側から筆を握りつぶしてしまうのだ。

もっともそれは当人も十分すぎるほどに理解しており、正式な文章は必ず心得のある部下に代筆を任せていた。己で目を通して確認する程度の度量は持ち合わせていたが、自分で文を書くことはほとんどなかった。

それがなんだ、この本の数は。十冊もあるではないか。

あの巨漢が細いペンを握り、地道に文章を記していく光景を想像すると思わず笑ってしまう。

あまりにおかしすぎて――目から涙がこぼれそうなほどだ。

「その本の筆者である冒険者だがな」

沈黙していたケインがそっと口を開いた。

「晩年になって、ある商人と偶然知り合い、己が書き記した日誌を譲ったとヘクトから聞かされている」

「もしかしてその商人ってのは」

「レヴン商会の当時の会長だ。もっとも、その頃は一介の行商人だったらしいがな。冒険者と知り合ったことで商機を得たとも聞いている」

商会とゲラルクがどう繋がっていたか疑問に思っていたが意外な接点があったようだ。こうして、ゲラルクが書いた日誌がレヴン商会に渡り、時を経てヘクトの元に辿り着いたのだ。

「……その冒険者の死に際はわかるかい？」

「それもヘクトから聞いている。商人に冒険者を引退する旨を伝えた日。引退祝いだと商人と夜通し飲み明かし、朝起きたら眠るように息を引き取っていたと。もしかしたら自分の死期を悟っていたのかもしれないな」

——またひとつ、忠臣の死を看取った。

既に死んでいるのは承知の上だ。だが、改めて部下の『死』を目の当たりにすれば、いかにラウラリスとて感じるものはある。

ただやはり嬉しさはある。

かつてのゲラルクは「戦場こそ己の死に場所だ」と豪語していたというのに、まさか寝床で死ぬとは。

けどそれはきっと、当人も満足した死に様であったに違いない。

でなければ、書いた日誌を誰かに託したりはしなかったはずだ。

なぜなら、この日誌はラウラリスに読ませるために書かれたものだからだ。

本来ならばあり得ない奇跡が、今まさにここにある。

「……あんたの目から見た世界の変わりよう、楽しみにさせてもらうよ」

そう言って、ラウラリスは優しい手つきで日誌の表紙を撫でたのであった。

エピローグ

「ところで、お前はこの後どうするつもりだ？」

「今はこれと言って予定はないね。前と同じで、適当に手配犯や悪党をとっ捕まえて小遣い稼ぎさ。手近なのが終わったらまたどこかに行くつもりだ」

ラウラリスから『小遣い』扱いされてしまう悪党に、少なからず同情を抱くケイン。完全に自業自得ではあるが、よりにもよって『剣姫』に目をつけられてしまうとは。

「つまり、取り急ぎの用件はないという認識で間違いないな」

「間違いじゃないが……」

持って回った言い回しに、ラウラリスはそこはかとなく嫌な予感を覚える。

「ちなみにこれは風で聞いた噂なのだが――」

ケインはわざとらしく少女から視線を外すと、まるで他人事のように呟き始めた。

やがて、ケインの『独り言』を聞き終えたラウラリスは深く眉間に皺を寄せていた。

「…………おい、今の話を私に聞かせてどういうつもりだ」

「いや、俺からはなんともな。ただ単に、なんとなく噂話を喋っただけだ」

三文芝居すぎるケインの言い回しが、ラウラリスの神経を逆撫でする。だが、ここで怒りを露わにしてはドツボにハマるのはこちらだ。

「驚いたよ。真面目を絵に描いたような男だと思ってたけど、こんなことをするなんてね」

「どこかの誰かのせいでな。時には搦め手も必要だと思い知らされたまでだ」

腕を組み、少しだけ得意げな笑みを浮かべるケイン。実に腹立たしいが、ラウラリスを相手にするには効果的なやり方だ。

「実際問題、どこかの誰かのおかげで立て続けに幹部の死亡や逮捕が続いたせいで、『亡国』の動きが不安定になってきている。機関としてはこれを好機と見て一気に『亡国』の弱体化を図ろうとしているが、残念ながら人手不足でね。猫の手も借りたいというのが現状だ。——猫どころか虎かもしれないがな」

ケインの独白に、ラウラリスはしかめっ面のままではあったがグッと文句を呑み込んだ。なんのかんのと言いつつも、やはり彼女は『見過ごせない』のだ。

「いいだろう。今回は貸し借りなしで乗ってやる。だが、二度目があるとは思うなよ。それとあんたへの貸しはきっちり返すように」

「……肝に銘じておく」

ラウラリスのドスの利いた脅しに、ケインは降参とばかりに両手を上げた。

鼻を大きく鳴らしたラウラリスは、テーブルの上にあった冒険日誌を荷袋に放り込むと壁に立てかけていた長剣を乱雑な手つきで背負い、店の出口に向かう。

「どこへ？」

「誰かさんのせいでムカッ腹が立っちまってね。ストレス解消と路銀稼ぎも兼ねて、ちょっと悪党をとっちめてくるよ」

ケインを鋭い目で一瞥(いちべつ)し、ラウラリスは扉を蹴破る勢いで開くと店を後にするのだった。

［原作］ナカノムラアヤスケ
［漫画］文月路亜
RC Regina COMICS
転生ババァは見過ごせない！
元悪徳女帝の二周目ライフ
1~3
アルファポリス Webサイトにて 好評連載中
大好評発売中!!
恐怖政治により、国を治めていたラウラリス・エルダヌス。彼女の人生は、勇者に討たれ幕を閉じた。——はずが、三百年後、少女の姿で元女帝が大復活!? 自らの死をもって世界に平和をもたらしたラウラリスを称え、神様が人生やり直しのチャンスをくれたらしい。第二の人生は平穏気ままに暮らしたいが、いつの世にも悪い奴らはいるもので……
アルファポリス 漫画 検索
B6判／各定価：748円（10%税込）
［原作］ナカノムラアヤスケ
［漫画］文月路亜
転生ババァは見過ごせない！ 3
元悪徳女帝の魂を宿す少女、
新たな敵は前世に関わる
悪の組織!?

新＊感＊覚 ファンタジー！

レジーナブックス Regina

最強幼女の才能が
大バクハツ!?

転生幼女。神獣と王子と、最強のおじさん傭兵団の中で生きる。1～4

餡子（あんこ）・ロ・モティ
イラスト：こよいみつき

見知らぬ草原で目を覚ました優乃。よく見ると体が幼女になっている――直感で転生したことを悟ったものの、彼女はあっさりこの世界で生き抜くことを決意。転生ライフをスタートさせるやいなや、偶然出会った過保護な神獣や、最強傭兵団と共にあり得ない奇跡を次々と引き起こして――!?　才能溢れまくりの大物幼女、ここに現る！　チート連発異世界ファンタジー、開幕！

詳しくは公式サイトにてご確認ください。

https://www.regina-books.com/

携帯サイトはこちらから！ 

この作品に対する皆様のご意見・ご感想をお待ちしております。

おハガキ・お手紙は以下の宛先にお送りください。

【宛先】

〒150-6008 東京都渋谷区恵比寿 4-20-3 恵比寿ｶﾞｰﾃﾞﾝﾌﾟﾚｲｽﾀﾜｰ 8F
（株）アルファポリス　書籍感想係

メールフォームでのご意見・ご感想は右のＱＲコードから、
あるいは以下のワードで検索をかけてください。

アルファポリス　書籍の感想 

ご感想はこちらから

本書は、Webサイト「アルファポリス」（https://www.alphapolis.co.jp/）に掲載されていたものを、改稿、加筆のうえ、書籍化したものです。


転生ババァは見過ごせない！４ ～元悪徳女帝の二周目ライフ～

ナカノムラアヤスケ

2023年 8月 5日初版発行

編集－反田理美
編集長－倉持真理
発行者－梶本雄介
発行所－株式会社アルファポリス
〒150-6008 東京都渋谷区恵比寿4-20-3 恵比寿ｶﾞｰﾃﾞﾝﾌﾟﾚｲｽﾀﾜｰ8F
TEL 03-6277-1601（営業） 03-6277-1602（編集）
URL https://www.alphapolis.co.jp/
発売元－株式会社星雲社（共同出版社・流通責任出版社）
〒112-0005 東京都文京区水道1-3-30
TEL 03-3868-3275
装丁・本文イラスト－黒檀帛
装丁デザイン－AFTERGLOW
（レーベルフォーマットデザイン―ansyyqdesign）
印刷－図書印刷株式会社

価格はカバーに表示されてあります。

落丁乱丁の場合はアルファポリスまでご連絡ください。

送料は小社負担でお取り替えします。


ISBN978-4-434-32340-9 C0093